완벽한 날들

완벽한 날들

시인이 세상에 바치는 찬사

메리 올리버
민승남 옮김

마음산책

완벽한 날들

1판 1쇄 발행 2013년 2월 25일
1판 17쇄 발행 2024년 1월 15일

지은이 | 메리 올리버
옮긴이 | 민승남
펴낸이 | 정은숙
펴낸곳 | 마음산책

등록 | 2000년 7월 28일(제2000-000237호)
주소 | (우 04043) 서울시 마포구 잔다리로3안길 20
전화 | 대표 362-1452 편집 362-1451   팩스 | 362-1455
홈페이지 | www.maumsan.com
블로그 | blog.naver.com/maumsanchaek
트위터 | twitter.com/maumsanchaek
페이스북 | facebook.com/maumsan
인스타그램 | instagram.com/maumsanchaek
전자우편 | maum@maumsan.com

ISBN 978-89-6090-155-1 03840

* 책값은 뒤표지에 있습니다.

몰리 멀론 쿡을 위하여

차례

미를 추구하는 예술가들

먼지

"너는 여기 이렇게 살아 있다.
하고 싶은 말이 있는가?"
이 책은 내가 하고 싶은 말이다

우주가 무수히 많은 곳에서
무수히 많은 방식으로 아름다운 건
얼마나 경이로운 일인가

일러두기

1 외국 인명과 지명, 작품명 등 모든 외래어는 '외래어 표기법'에 따라 표기했다.
2 국내 번역된 작품은 우리말 제목을 실었고, 번역되지 않은 경우 내용에 맞게 번역했다.
  단, 「작가 연보」에서는 원제를 살렸다.
3 본문의 고딕체는 원서에서 이탤릭체로 표기된 것이다.
4 신문, 잡지 등의 매체명은 〈 〉로 묶었고, 편명은 「 」로, 책 제목은 『 』로 묶었다.
5 옮긴이 주는 글줄 상단에 맞추어 표기했다. 각주는 저자가 쓴 것이다.

서문

　나는 언제 어디서나 산문보다는 시를 쓰게 된다. 하지만 산문은 산문 나름의, 시는 시 나름의 힘을 갖고 있다. 산문은 용감하게, 그리고 대개는 차분히 흐르며 서서히 감정을 드러낸다. 모든 인물, 모든 생각이 우리의 관심을 자극하여 결국 복잡성이 자산이 되고 우리는 그 저변과 이면의 전체적인 문화를 느끼기 시작한다. 시는 그보다 덜 조심스럽고, 시의 목소리는 홀로 남는다. 그것은 살과 뼈를 지닌 목소리로 스르르 미끄러져 둑을 뛰어넘어 아무 강으로나 들어가 예리한 날로 작디작은 얼음 조각에 착지한다. 산문 작업과 시 작업은 심장박동 속도가 다르다. 둘 중 하나가 나머지 것보다 느낌이 더 좋다. 어떤 걸까? 나는 장시간 산문을 쓰면 작업의 무게를 느낀다. 하지만 시 작업은 그 말 자체가 오류다. 다른 노동과는 다르기 때문이다. 시는 성공하지 못하거나, 아니면 창조된 느낌만큼 전달된 느낌도 강하다.

　하지만 서술 작업도, 생각을 향한 묘사의 느린 걸음도 나름의 매력을 지니고 있다. 산문의 방식은 너무도 많다. 설명, 권고, 도덕적 교훈, 코미디. 그리고 반짝이(다른 용도로는 너무 작고 달콤할 수도 있지만)와 그 그림자들로 활기를 얻는 환상적인 이야기도 잊어선 안 된다.

우리는 시의 마법적 장치인 행갈이에 대해 이야기하지만 물론 산문에서도 종이 끝에서 행갈이가 이루어진다. 아, 그 견실함이란! 시의 말馬이 날개를 가졌다면 산문의 말은 마구를 쓰고 있다. 질 좋고 튼튼하고 편안한 마구. 나의 경우 밭을 갈기보단 나는 걸 더 좋아하지만 말이다.

나는 시작詩作에 관한 책을 이미 두 권 써냈고 이 작품은 그런 내용이 아니다. 그 주제는 철저히 피하고 싶었다. 결국 그렇게 하진 못했지만 아주 잠깐, 그리고 가볍게 다룬 정도다. 조만간 그 주제에 대해 완전히 침묵하게 될 것이다. 시인들도 읽고 공부해야 하지만 자신만의 방식으로 몸을 기울여 속삭이고, 소리치고, 춤추는 법을 배워야 한다. 아니면, 옛날 책들을 그대로 베끼는 게 낫다. 하지만 그건 아니다. 절대 아니다. 우리의 오래된 세상에는 늘 독보적인 표현을 할 수 있다고 느끼는 새로운 자아가 헤엄쳐 다니니까. 중요한 건 그것이다. 촉촉하고 풍성한 세상이 우리 모두에게 새롭고 진지한 반응을 요구하고 있다는 것. 세상은 아침마다 우리에게 거창한 질문을 던진다. "너는 여기 이렇게 살아 있다. 하고 싶은 말이 있는가?" 이 책은 내가 하고 싶은 말이다.

글이 시작되기 전에 한 가지 더 말해두고 싶은 것이 있다. 누구에게나 다 그런 건 아니겠지만, 나에게 시는 세상에 바치는 찬사다. 이 책에서 여러분은 산문들 사이에서 시 몇 편을 발견하게 될 것이다. 그 시들은 작은 '할렐루야'라고 생각하면 된다. 그 시들은 산문과 달리 무엇을 설명하려고 애쓰지 않는다. 그저 책갈피에 앉아 숨만 쉰다. 그 시들은 몇 송이 백합 혹은 굴뚝새 혹은 신비한 그림자들 사이의 송어, 차가운 물, 거무스름한 떡갈나무다.

흐름

흐름

　　M과 나는 물에서 3미터쯤 떨어진 곳에 산다. 폭풍이 칠 때 바람이 남동쪽에서 밀고 올라오면 우리는 물에서 30센티미터쯤 떨어진 곳에 산다. 물은 온종일, 밤새 노래하고 같은 노래를 부르는 법이 없다. 바람, 온도, 조수의 위치, 달의 밀고 당김이 다른 노래를 만든다. 물이 빠질 때는 물이 차오를 때보다 소리가 거칠다. 떠나기 싫어 으르렁거리듯 현 굵은 악기의 어두운 소리를 낸다. 물이 들어올 때는 소리가 쾌활해진다. 나는 날마다 이른 아침에 물가를 거닐 때 다시 깨어난다. 발걸음이 날렵해지고 비로소 귀가 깨어나 바다의 노래에 감사를 보낸다.

　이 광대함, 이 변화무쌍한 초록과 파랑의 큰 가마솥은 지구의 거대한 궁전이다. 이 안에 모든 게 있다. 괴물들, 악마들, 헤엄치는 천사들, 물가에 선 우리와 주저 없이 시선을 교환하는 부드러운 눈빛의 포유동물들. 배와 함께 가라앉거나 배에서 짐을 내릴 때 떨어진 것들, 과거 수십 년, 수백 년 전 인공물들. 바다 밑에서 분출한 용암 덩어리들, 해조류 숲과 산호 선반, 그리고 너무도 많은 다른 비밀들, 고래들이 기억에 담았다가 충실히 암송하는 소리들, 돌고래들의 언어. 그리고 무수함 그 자체,

무수한 종류와 수의 상어, 물개, 벌레, 식물, 온갖 물고기들—대구, 해덕대구, 황새치, 남방대구, 라벤더 둑중개, 치즐마우스잉엇과 물고기로 아래턱에 끌 모양의 날카롭고 단단한 판이 있어서 chiselmouth라고 불린다, 골드아이은빛 청어의 한 종류로 눈에 금빛 테가 둘러져 있다, 복어, 참돔, 스타게이징 미노stargazing minnow, 그대로 옮기면 '별 보는 잉어'라는 뜻이다. 우리가 이미 낙원에 살고 있다는 걸 어찌 모를 수 있겠는가?

✌

하지만 낙원에도 규칙은 있어야 한다. 나는 그 규칙들이 신의 솜씨인지 아니면 우연의 산물인지 알지 못한다. 우연조차도 신의 뜻일지도 모르지만 내 생각으론 그 규칙들이 우연의 산물일 것 같다. 훌륭하지도 깔끔하지도 않기 때문이다. 그것들은 그저 현실적인 정도이며 비생명보다 생명을 추구하기에, 숭고하다. 모든 생명력은 그것의 존재를 장려하는 메커니즘을 지닌다. 장식이나 환영처럼 보이는 것도 순수히 실용적이다. 생명력은 안개와 전기의 엔진에서 나오며 장난스러울 수도 있지만 확신에 차 있다. 그리고 거대한 어깨를 지닌 바닷속 시련에 대비해 다산한다.

어느 7월의 아침, 물때가 지난 후 나는 물가를 걷는다. 밤사이에 무수한 작은 물고기들이 모래밭에 갇혔다. 일부는 아침 햇살 속에서 이미 몸이 뜨거워져 움직이지 못하고, 나머지는 아직도 꿈틀거리거나 젖은 모래 속으로 기를 쓰고 파고들거나 물로 돌아가려고 팔딱거린다. 하지만 그들은 최후의 시간을 맞이했다. 바다가 물보라를 일으키며 달려와 스스로를 정화한 듯하지만, 그건 아니다. 물고기들은 해변에 너무 가까이 있었고 물이 너무 많이 들어왔다가 빠지는 바람에 모래밭에 남겨졌을 뿐이다. 까나리는 크지도 않고 무게도 안 나간다. 대개 7센티미터에서 10센티미터 정도 길이밖에 안 된다. 머리부터 꼬리까지 길이가 15센티미터에서 18센티미터까지 되는 것들도 간간이 있지만 말이다. 물가에 쌓인 까나리들은 미끌미끌한 밧줄 모양을 이룬다. 이 밧줄은 드문드문 높이가 15센티미터에 달한다.

물고기들의 올리브색과 은빛 몸에 점이 촘촘히 박혀 있다. 아래턱이 위턱보다 길게 뻗어 있고, 배 부분은 색깔이 엷고, 꼬리지느러미가 있다. 눈은 그 반짝임과 동그란 모양이 환상적이다. 물고기들은 죽으면 입이 벌어진다. 고통스러운 입속의 혀는 분홍색이고 목구멍은 좁은 반투명 통로다. 기온이 오르면서 아가미가 핏빛으로 물들고 피부는 뻣뻣해진다. 빠지는 물을 향한 마지막 몸부림이 아직 이어진다. 하지만 아무도 물로 돌아가지 못한다. 조수의 못된 장난질에 꼼짝없이 걸려든 것이다.

한 청년이 해변을 따라 내려오며 비닐봉지에 까나리를 주워 담는다. 미끼로 쓰려는 것이다. 아직 팔딱이는 것들도, 축 늘어진 것들도 다 담는다. 이 작고 예쁜 물고기는 죽어서도 다른 물고기를, 어쩌면 큰 물고기를 잡을 수 있다.

다음 날 아침 나는 다시 해변에 나간다. 깨끗해진 모래밭이 창백하게 빛난다.

❧

다수가 우리의 주목을 끌듯 하나의 생물이나 순간도 그러하다. 개들을 데리고 물이 많이 빠진, 그리고 아직 빠지고 있는 해변을 걷고 있는데 얕은 물속에서 뒹구는 게 눈에 띈다. 나는 발목까지 차는 물속으로 걸어 들어간다. 고립된 아귀다. 아, 너무나도 그로테스크한 몸, 지독히도 불쾌한 입. 몸 전체 크기만큼 거대한 어둠의 문! 아귀의 몸 대부분이 입이다. 그런데도 그 초록 눈의 색깔은 얼마나 아름다운지! 에메랄드보다, 젖은 이끼보다, 제비꽃 잎사귀보다 너 순전한 초록이고 생기에 차서 반짝인다. 나는 어쩔 줄을 모른다. 그 가시와 이빨투성이 몸을 선뜻 집어 들 수가 없다. 한 남자가 아이 둘을 데리고 걸어온다. 그들도 물속으로 들어와 그 불행한 물고기를 구경한다. 그 남자가 나에게 어깨에 걸고 있는 개 목줄을 빌려달라고 하더니 아귀의 육중한 몸 아래로 목줄을 넣어 아귀를 살짝 들어 올려서, 발 없는 괴상한 개를 끌고 가듯 천천히 깊은 물로 인도한다. 만세! 그 창의적인 정신과 따뜻한 마음씨에 환호가 나온다. 아귀는 거대한 입을 쩍 벌리고 초록 눈을 떴다 감았다 하며 몸이 물에 완전히 잠길 때까지 허우적거린다. 그러더니 개 목줄 올가미에서 날렵하게 빠져나가 바닷속으로 사라진다.

❧

3월이다. 파랑새들이 하늘에서 미끄러지듯 날아다닌다. 4월이다. 고래들이 고향으로 돌아온다. 긴수염고래, 혹등고래, 희귀한 참고래가 해안에 도착한다. 만으로 들어오고, 가끔 항구로 들어오기도 한다. 그들도 우리처럼 장난을 아는지 거대하고 육중한 몸을 뒤채고, 물 위로 뛰어오른다. 욥은 "그는 심해를 솥같이 끓게 하며, 자신의 뒤에 빛나는 길을 만드는도다"욥기 41장라고 말했지만 이 거구의 생명체들에게 이성과 온순함도 있음을 알지 못했던 듯하다. 고래 두 마리가 항구로 헤엄쳐 들어왔다가 한 마리가 줄에 걸리면 함께 온 고래는 줄에 걸린 동무 곁을 떠나지 않고 용감한 사람들이 작은 배를 타고 나가 엉킨 줄을 잘라줄 때까지 남아 있다. 혹등고래의 눈은 코끼리 눈에서 볼 수 있는 어둠과 희망과 고통을 담고 있다. 혹등고래를 아는 사람들은 혹등고래의 뇌에서는 아무것도 망각되지 않는다는 걸

인정한다. 그 눈은 가장 깊은 우물보다도 깊다. 어느 늦은 봄날 M과 함께 배 갑판에 서 있는데 혹등고래 한 마리가 바로 우리 옆에서 물 위로 뛰어올라 나팔 같은 울음소리를 냈다. 녀석의 물 뿜는 구멍에서 물안개가 분수처럼 솟아올랐고 빛이 그 위에 무지개를 만들었다. 물안개는 부드럽게 솟았다가 갑판으로 비처럼 떨어져 우리 모두에게 세례를 베풀었다.

↙

가끔 구멍이 숭숭 뚫린 해묵은 고래 뼈가 해안으로 밀려와 방사제해안 부근 물속 모래의 이동을 막기 위해 해안과 직각으로 바다에 쌓은 둑에 끼어 10년, 20년 닳아 없어져간다. 그곳에선 다른 흥미로운 물건들도 발견된다. 그중에는 깨진 접시 조각, 불어서 엄지손가락만 해진 볼트나 못, 낚시 미끼 같은 인간이 만든 물건도 있다. 깨지고 속이 빈 조개껍질도 수두룩한데 제일 흔한 건 모래밭에 사는 몇 가지 종류의 대합들, 가리비, 쇠고둥, 굴이다. 아이스크림콘 벌레도 있다. 거친 록음악 같은(완전히는 아니지만 얼마간은) 폭풍이 휩쓸고 지나간 후 빈 껍실만 남은 아이스크림콘 벌레. 아이스크림콘 벌레가 모래로 만드는 10센티미터쯤 되는 길쭉한 깔때기 모양의 껍질은 보통 날씨에는 매우 훌륭한 요새가 된다. 이 벌레는 거꾸로 살면서 물속으로 촉수 달린 머리를 내밀고 주위를 탐색한다. 그 이상한 집에서 살짝 빠져나갔다가 다시 돌아와 편안하게 자리를 잡기도 한다. 아이스크림콘처럼 생긴 껍질은 침으로 모래알을 붙여서 만든 것으로 거의 무게가 없고 물기가 마르면 더 가벼워진다. 이음새가 보이지 않는 매끄러운 모래 벽은 반투명이고 사용된 모래알들의 색에 따라 밝은 색부터 검은색까지 다양한 색상의 점들이 박혀 있다. 모래알들의 크기는 놀라우리만큼 고르다. 벌레가 그만큼 현명한 선택을 할 수 있는 것이다.

내가 집에 가져온 것들은 시간이 지나면 저절로, 혹은 실수로 건드려져 분해된다. 그러면 낡은 모슬린 색깔의 모래 한 줌 외에 무엇이 남을까? 배열, 그리고 그 배열을 만든 에너지가 전부다. 하지만 각자가 세상의 일부이기도 하다. 나는 그것들을 도로 물가에(영원히 재사용할 수 있는 물질들로 이루어진 흙더미에) 가져다놓는다.

❧

우리 일곱 사람과 개 한 마리가 배에 탔다. 넓은 돛이 하나 달린 배다. 몇 해 전 우리 젊은 선장의 부모님이 바하마 딩기선실과 엔진 없이 주로 바람의 힘으로 항해하는 소형 보트를 본떠 만든 작업용 배로, 꽤 넓고 용골도 깊다. 확실히 멋진 작품이다. 조사이어는 돛줄을 잡고 앉아 있다. 그는 돛, 바람과 다정한 대화를 나누는 듯하다.

그렇게 우리는 오후 동안 바다생물이 된다. 뱃전에 기대앉아 물에 손을 담그고 있으려니 몸이 공기처럼 가볍게 느껴진다. 앞쪽에 목적지인 모래곶이 있다. 모래곶과 우리 사이엔 나눔의 표시가 될 만한 게 하나도 없고 드넓은 바다의 나른한 철썩거림만이, 그 풍부함과 반짝임만이 존재한다. 우리, 바닷세계의 시민들은 그 위를 자유로이 거닌다. 땅에서 발로 돌을 밟고, 손으로 대문을 열고, 정원의 자갈 깔린 길을 지나고, 모래밭에 발이 푹푹 빠지고, 들판의 진창을 걷는 것과 얼마나 다른가! 땅에서는 엄청난 무게가 우리의 어깨를 찍어 누른다. 중력이 우리를 집에 머물게 한다. 하지만 물에서는 무게를 벗어던지고 미끄러지듯 날아간다. 우리는 하나뿐인 흰 날개에 바람을 가득 안은 날씬한 바닷새의 승객들이다.

모래곶에서 조사이어가 닻을 던진다. 몇 사람은 헤엄을 친다. 나머지는 그냥 앉아서 오후의 빛을 바라본다. 그러곤 천천히 집으로 돌아온다. 농담도 하고, 웃기도 하고, 침묵에 빠져들기도 하면서. 아비새*물고기를 잡아먹고 사람 웃음소리 같은 소리를 내는 북미의 큰 새 한 마리가 갑자기 물 위에 나타나 고귀한 몸이 하늘로 떠오를 때까지 수면을 한참이나 날려간다. 슴새들과 바다제비들이 우리 주변을 날아다닌다. 구름이 멀리 있는 과업을 향해 서둘러 지나가며 물 위에 조각조각 검은 그림자를 드리운다.

이날 물 위를 미끄러져 나아가는 내내, 다른 많은 날들에도 그랬듯이 작은 노래 하나가 내 마음에 흐른다. 음악적이라 노래라고 했지만, 사실은 그냥 말들이다. 이상하지도 복잡하지도 않은 하나의 생각이다. 사실 그런 오후에 그런 생각을 **안** 한다면, 머리와 몸에 그런 음악이 흐르지 않는다면 얼마나 이상한 일인가. 그 말들은 이렇다. 세상이 이토록 아름다운 건 어떤 의미일까? 그리고 난 그것에 대해 어떻게 해야 할까? 내가 세상에 주어야 할 선물은 무엇일까? 나는 어떤 삶을 살아야 하는 걸까?

습관, 다름, 그리고 머무는 빛

1

균형 잡힌 삶을 사는 데는 습관의 역할이 무엇보다 중요하다. 신앙심 깊은 사람들은 문자 그대로 습관을 옷처럼 입고 산다. 대부분의 사람들은 중요한 일보다는 사소한 일에 습관적으로 행동할 때가 많다. 더 심각하고 흥미로운 일, 더 많은 노력이 필요하고 더 복잡한 일은 하루 더 기다리는 경우가 많지만 단순한 문제들은 바로 처리하기 때문이다. 그래서 우리는 습관을 통해, 그 현명한 도움을 통해 스스로를 아주 훌륭하게 개선할 수 있다. 하지만 습관은 우리에게 도움을 준다기보다는 우리를 지배한다고 볼 수 있다.

숲속의 새나 산언덕 위의 여우는 사소한 것을 위해 중요한 것을 포기하는, 그런 기회를 갖지 못한다. 그들에게도 습관은 옷 같은 것이며 사실상 신체 생활의 구조 그 자체다. 생명 유지를 위해 지금 당장 하지 않으면 영원히 못하는 것이다. 짝짓기, 둥지 만들기, 가족 부양하기, 이주, 겨울에 더 따뜻하게 무장하기, 이 모든 일들이 제때에 정성을 다해 이루어진다. 이 일들에는 생명력과 불가분의 관계에 있는 장난스러움, 우아함, 유머도

들어 있지만 말이다. 또한 나무는 잎을 억제하지 않고 때가 되면 물 흐르듯 자연스럽게 돋아나고 스르르 떨어지게 한다. 물도 어느냐 마느냐를 스스로 결정하지 않는다. 온도의 법칙에 맡긴다.

신앙심 깊은 사람들은 정해진 시간에 정해진 장소에 가서 무릎 꿇는 걸 부끄러워하지 않고 기도하며, 커피 한잔 하거나 긴급 뉴스를 듣거나 영화를 끝까지 보기 위해 기도 시간을 미루지 않는다. 습관이 그들의 삶이 된 것이다. 그런 정해진 기도 시간을 제약으로 여기는 사람들도 있겠지만 그들에겐 그 시간이 내면의 삶을 살찌우는 기회다. 그 시간은 기도의 시간으로 정해지고 이름 붙여진 주님의 시간이다. 기도 시간에 그들은 안달복달하는 삶을 초월한다. 다름과 기발함은 달콤하지만, 규칙성과 반복 또한 우리의 스승이다. 신에게 집중하는 일은 무심히 행할 수도 없고 베니스나 스위스를 여행하듯 한 철에만 할 수 있는 것도 아니다. 설령 그렇게 할 수 있다고 해도 거기에 얼마나 집중할 수 있겠는가? 화려할 수도, 소박할 수도 있지만 정확하고 엄격하고 친숙한 의례가, 습관이 없다면 신앙의 실재에(하다못해 도덕적인 삶에라도) 어떻게 도달할 수 있겠는가(애매하게 말고)?

우리 삶의 양식은 우리를 보여준다. 우리의 습관은 우리를 평가한다. 우리가 습관과 벌이는 싸움은 아직 실현되지 않은 꿈들을 말해준다. 나는 헌신과 유머, 둘 다에 진지한 여우가 되고 싶다. 기나긴 겨울에 대비해 육중한 문을 닫는, 용감하면서도 순응할 줄 아는 연못이 되고 싶다. 하지만 아직은 그런 빛나는 삶에, 순백의 행복에 도달하지 못했다. 아직은.

2

M과 나는 40년 넘게 다름으로 서로를 괴롭혀왔다. 하지만 다름은 삶의 활력소가 되기도 한다. M은 나무에는 거의 눈길도 안 준다. 그녀는 고속 모터보트를 갖고 싶어한다. 나는 모래밭에 앉아 주위를 둘러보며 몽상에 젖고 싶어한다. 장미꽃들의 얼굴에서 어떤 정령이 밖을 엿보고 있나 확인하고 싶어한다. 몇해 전, M은 비행 교습을 받았다. 나는 오후에 항구 가장자리에 서서 그녀가 바다 위에서 소형 비행기를 실속시키는 걸 지켜봐야 했다. 실속이란 엔진을 끄고 비행기가 코부터 떨어지게 하는 것이다. 그리고 비행기가 떨어지는 동안 다시 엔진을 켜고 수평을 잡은 다음 쏜살같이 날아간다. 여러 주 동안 M은 내가 야생 백조를 봤을 때 짓는 얼굴을 하고 집에 돌아왔다. 그건 끔찍하면서도 경이로웠다.

우리는 그런 다름과 함께 독불장군 기질도 갖고 있다. 남의 말에 귀 기울이지 않고 자기주장만 내세우고, 기준이나 심지어 역사보다 자신의 선호나 용감한 추측을 선택하는 사랑스러운 고집쟁이 기질. 나는 이 독불장군 기질이 영혼과 얼마쯤 닮지 않았을까 생각한다. 그게 아니더라도, 영혼은 그 선동적이고 꼬치꼬치 따지는 힘과 가까이 그리고 다정하게 사는 게 확실하다. 물론 그 모든 것들은, 다름과 독불장군적인 기상은 삶을 풍요롭게 하는 요소다. 만일 당신이 나와 너무 똑같다면 나는 당신에게, 당신은 내게 무얼 배우겠는가? 내가 사사프라스 잎을 집에 가져가면 M은 그걸 보며 감탄한다. 그녀가 내게 마을과 항구 위 하늘을 나는 기분을 이야기해주면 그 푸른 길에 대한 묘사로 내 세계는 달콤해진다. 우리의 서로 다른 흥분을 접하는 건 함께하는 삶의 또 다른 선물이다.

3

나는 야콥 뵈메Jacob Böhme, 17세기 초 독일 신비주의 사상가를 읽고 그의 빛나는 그물에 걸린다. 그는 '욕망'과 '의지'가 하나의 임무를 수행하는 두 팔과 같아야 한다고 말했지만 내 삶에서는 그 두 가지가 그리 협조적이지 못하다. 의지는 계속 언덕을 미끄러져 내려간다. 일해야 할 때 놀려고 한다. 욕망은 환락을 즐기기에 가장 좋은 때가 왔을 때 경건하게 노동을 원한다. 둘 다 말썽꾸러기다. 뵈메의 세 번째 요소로 말할 것 같으면 빛나는 그림자로 남아 있다. 그것은 내 언어로는 은총이다. 내 일상에서 그 그림자는 종종 따뜻해지지만 그 불길은 여전히 다른 곳에 있다. 그럼에도 불구하고 나는 윌리엄 제임스의 말처럼 종교적인 삶은 어떻게 인식되고 추구되든 "인류의 가장 중요한 기능"이라고 믿는다. 철저히 그런 삶을 사는 것이 나의 '욕망'이다. 학교에 들어가기 싫어하며 들판에서 춤추는 그것을 보는 건, 내 '의지'다.

어쨌거나 나는 학교를 거의 이용하지 않는다. 우리의 유일하고 무한한 신성을 암시해주는 건 언제나 자연계, 열리지 않은 무수한 샘들이었다. 자신이 축복받은 존재임을 머리로 이해하는 것이 아니라 가슴으로 아는 그런 상태에서는, 그늘에서 햇살 속으로 움직이기만 해도 그 생명의 열기를 느낀다. 나는 모든 길을 따라 걷기도 하고, 연못가에 누워 생각을 정리하기도 한다. 한번은 이른 아침에 맑은 잎들로 덮인 듯한 나무를 봤는데 가까이 가서 보니 잎이 아니라 나비들이었다. 제왕나비. 수천 마리가 밤 동안 모여서 잠을 자며 오렌지색 실크 나무를 만든 것이다. 나비들은 오렌지색 실크 조각들 같았다. 한번은 산허리에서 사슴 세 마리가 누워 있고 거위 떼가 그 사이로 움직이는 광경을 보았다. 거위들은 사슴들 다리를 넘어가기도 하고 파리한 겨울 풀을 뜯으며 사슴들 어깨를 가볍게 스치기도 했다. 한번은 비버 두 마리가 진흙과 가는 나뭇가지로 갓 지은 반달 모양 둑을 발견했다. 나뭇가지에 달린 잎들이 아직 싱싱했다. 그런데 내가 지켜보는 동안 물이 은빛 장갑 낀 손으로 둑을 밀어 쓰러뜨렸다. 둑은 영원히 사라지고 말았다. 빨리, 빨리, 수문을 다 열어! 내 마음이 소리쳤다.

잘 정비된 개미 언덕을 바지런히 오르내리는 검은 개미들도 하나의 기회다. 뜨거운 모래밭의 말랑말랑한 두꺼비도 하나의 기회다. 철썩이는 바닷가에서 한 시간을 보내는 건 기회들의 향연이다. 아침마다 소란과 고요가 결혼하여 빛을 만든다. 태양이 장밋빛 자두처럼 떠오른다. 물에서 떠도는 새들이 돌아본다. 이따금 바람도 돌아보는 듯하다.

상상할 수 있니?

예를 들어, 나무들이 무얼 하는지
번개 폭풍이 휘몰아칠 때나
여름밤 물기를 머금은 어둠 속에서나
겨울의 흰 그물 아래서만이 아니라
지금, 그리고 지금, 그리고 지금—언제든
우리가 보고 있지 않을 때.
물론 넌 상상할 수 없지
나무들은 그저 거기 서서
우리가 보고 있을 때 보이는 모습으로 있다는 걸
물론 넌 상상할 수 없지
나무들은, 조금만 여행하기를 소망하며,
뿌리부터 온몸으로,
춤추지 않는다는 걸,
갑갑해하며 더 나은 경치, 더 많은 햇살,
아니면 더 많은 그늘을
원하지 않는다는 걸
물론 넌 상상할 수 없지 나무들은 그저

거기 서서 매 순간을, 새들이나 비어 있음을,

천천히 소리 없이 늘어가는 검은 나이테를,

마음에 바람이 불지 않는 한

아무것도 달라질 게 없음을

사랑한다는 걸,

물론 넌 상상할 수 없지

인내, 그리고 행복, 그런 걸.

세 개의 역사와 벌새 한 마리

1

우리는 소중한 무덤들을 찾아보러 숲으로 들어갔지만, 무덤들을 찾을 수 없었다. 우리는 익숙한 숲길을 걸었지만 애를 먹었다. 나뭇가지들, 심지어 나무들이 통째로 쓰러져 길을 막고 있는데 아무도 치우지 않은 것이다. 늘 그렇듯이 숲에 난 큰길은 오솔길로 변했고, 그 오솔길마저 희미해졌다. 자작나무, 소나무, 떡갈나무가 대부분인 그곳의 나무들은 지난번에 와서 봤을 때보다 훨씬 많이 자라 있었다.

4월이었다. 신부나비 한 마리가 천천히 날아가고, 파랑머리 솔새가 높은 나무 위에서 노래했다. 우리를 위해 노래하는 건 아니있지만 우리를 위한 노래라고 생각하고 싶으면 그렇게 생각할 수도 있었다. 그래서 그렇게 생각했다. 하지만 무덤들은 찾을 수가 없었다.

2

대통령의 아버지의 누이 주디스 제퍼슨은 조지 패러와 결혼했다. 그들은 윌리엄이라는 아들을 두었고, 윌리엄의 딸 주디스는 존 보든이라는 남자와 결혼했다.

그들의 딸 메리는 빈센트 앨런과 결혼했고, 그 아들 터너 앨런은 노스캐롤라이나로 떠나 거기서 마사 몽고메리와 결혼했다. 마사 몽고메리는 젊은 나이에 일찍 죽어, 우리는 그녀에 대해 잘 알지 못한다.

그들의 맏아들 윌리엄 빈센트는 엘라 존스와 결혼했다.(이제 남북전쟁 시기에 이르렀다.) 엘라는 웨일스인이었을 수도 있지만 확실하진 않고, 어쨌거나 그녀의 아버지는 닥터 존 휴스 존스였고 그에겐 사연이 좀 있는데, 어느 폭풍우 치는 밤, 농가에 왕진 갔다 돌아오다가 폐렴에 걸리고 말았다. 인간의 훌륭한 노동은 거룩, 거룩, 거룩하도다. 엘라 존스와 윌리엄 빈센트 앨런에겐 세 아들이 있었고, 그중 막내 새뮤얼은 남부가 아닌 캘리포니아에서 몰리 레인아처와 결혼했다. 그들의 맏딸 루스는 (이제 20세기다) 샌프란시스코의 프레더릭 J. 쿡과 결혼했다. 그리고 그들의 딸이 '휘파람 부는 사람', 몰리 멀론 쿡이다.

3

　나에겐 애그니스라는 이모가 있는데, 내가 이모에 대해 아는 이야기는 이렇다. 애그니스는 순한 동물 양을 뜻하므로 이모에겐 맞지 않는 이름이다. 이모는 세 자매 중 막내였으니, 어쩌면 응석받이로 자랐을지도 모른다. 이모는 자신이 태어난 도시에서, 버펄로 빌^{미국 서부 개척} ^{시대의 전설적인 인물이자 흥행가}과 손잡고, 퍼레이드 맨 앞에서 거리를 누볐던 적도 있다.

　결국 그 모든 갈채는 아무 의미도 없었다. 이모는 손이 잠시도 고통의 표현을 멈추지 못하고 늘 떨리는, 그런 남자와 결혼했다. 그는 자동차 배기가스를 마시는 진부한 방식으로, 자살했다. 이모는 몇 년 동안 방에만 틀어박혀 지냈다. 그러다 남자들과 밤 외출을 시작했다. 그것도 아무 성과가 없었다.

　마침내 이모는 모든 걸 증오하게 되었고 새들밖에 남지 않았다. 이모는 새들을 엄청나게 먹였다. 비둘기들 때문에 지붕이 약해진다는 이웃들의 항의를 받을 때까지. 이모는 떠돌이 고양이들도 먹였는데, 고양이들이 새끼를 너무 많이 치자 총으로 쏴 죽여야 한다고 주장했다.

이모는 그런 식으로 살았다. 거룩, 거룩, 거룩, 새들을 키우면서 야비해지면서, 인생을 보냈다. 그리고 그 두 가지가 습관이 되어 거기서 헤어날 수 없게 된 듯하다. 이모의 고통은 우리 모두의 가슴에 가시처럼 박혔다.

집이 천천히 비어갔다. 할아버지가 돌아가시고, 아버지, 할머니, 그 다음엔 어머니가 세상을 떠나서, 이모 홀로 남았다. 이모는 멀지 않은 아파트로 이사했다. 이모가 새 모이 자루를 잔뜩 들고 나와 길에서 뿌리는 모습이 자주 목격된다고 누군가 나에게 전했다. 나는 아무것도 하지 않았다. 하느님, 저를 용서하소서. 몇 년 후 사촌이 엽서를 보내왔다. 거기엔 "이모가 돌아가셨어. 네가 알고 싶어할 것 같아서"라고 씌어 있었다. 사촌은 어떤 이모라고는 밝히지 않았지만 어쨌거나 이젠 다 끝난 일이다. 내가 어렸을 때 할머니는 일요일마다 정원의 꽃을 꺾어 꽃다발을 만들어서 무덤에 가지고 갔다. 한 주도 거르지 않고. 그건 옛날 방식이다. 이제는 사라진. 이젠 아무도 무덤에 가지 않는다. 그건 일요일의 꿈이었다. 꿈이었다.

4

모든 비참하고 아름다운 날들을 만들고, 부수는 하느님에 대해, 우리가 무얼 할 수 있을까?

숲속에, 옛 목장 작은 마을 도시의 배 속에 있는, 그 모든 무덤들에 대해 우리가 무얼 할 수 있을까?

고사리숲을 늪을 어두운 숲을 지나는 하느님의 무거운 발자국들 물이 불어난 강 같은 하느님의 숨결

꽃들을 자르는 하느님의 회초리, 주님, 용서하소서,

나

아직, 이따금,

얼마나 이해를 갈구하는지.

5

아침에, 나는 길을 내려갔다. 나뭇가지에 벌새가 있는지 보려고—없으면, 부재의 핑 하는 작은 울림을 느끼려고. 한때는, 벌새가 거의 날마다 찾아와, 제비고깔과 백합 위에서 초록 보석 같은 머리를 흔들었다. 그러다 비가 내렸고, 가을이 왔고, 겨울이 흰 시트를 펼쳤다, 그리

고 나는 기다렸다. 그러나 벌새는 돌아오지 않았다, 다시는, 아직은.

워즈워스의 산

워즈워스의 산

1

　겨울 아침의 서리 사이로 반갑기 그지없는 소문이 들려온다. 미美는 목적을 지니고 있으며 그걸 직감하는 게 평생, 계절마다 우리에게 주어지는 기회고 기쁨이다. 우리가 그런 욕구를 느끼는 건 우리 외부의 것들 때문이 아니다. 질문들과 그 답을 얻으려는 노력은 우리 내부에서 나온다. 내가 바라보고 있는 들판은 총 20에이커약 2만 5000평쯤 되는 길고 넓은 땅이다. 해는 아직 뜨지 않았지만 산 너머로 첫 빛줄기를 뿌린다. 마치 리허설이라도 하듯이. 비스듬한 빛줄기가 황금빛으로 물들어 있다. 과장이 아니다. 햇살은 언 풀잎들에 고루 닿고, 일반적인 광경의 일부일 뿐만 아니라 하나의 특별한 광경으로 불타오른다. 아직 똑바로 선 잡초들은 순간적으로 얼음과 빛의 셔츠를 입고 마법의 지팡이가 된다. 이 첫 빛은 작은 연못과 소나무 숲의 기회도 놓치지 않는다. 이제 은빛은 그만, 분홍을 보라. 더할 나위 없는 은은한 연초록의 분출을 보라. 오직 이 시간만이, 늘 새롭고 신선한 새벽만이 연출할 수 있는 광경이다. 오후나 저녁, 한밤을 깎아내리는 말은 아니다. 그 모든 시간들이 나름의 장관을 지니고 있으니까. 하지만 새벽은—새벽은 선물이다. 하루의 문이 열리는 이 시간에는 열정이나 무관심으로 자신의 많은 걸 드러내게 된다. 새벽을 사랑하고 새벽을 보기 위해 나온 사람은, 나에게 낯선 존재일 수가 없다.

포에드거 앨런 포는 저녁때 밤의 어둠이 세상에 쏟아지는 소리를 들을 수 있다고 말했다. 나는 지금 그 말을 상기하며 시간만 바꿔 아침이 솟아오르는 소리를 듣게 되리라 생각한다. 하지만 내가 듣는 건, 마땅히 그래야 하는 것처럼 사방으로 퍼져나가는 힘찬 송가가 아니라 차가운 하늘 높이 자유로이 나는 흰멧새 떼의 팔락거림이다. 씨앗 같은 흰멧새 떼는 나를 향해 달려들다가 날아가버린다. 노래하는 씨앗들. 이 아침, 흰멧새 떼 외에 움직이는 건 아무것도 보이지 않는다. 내 앞에 서리의 잔물결 같은 여우 발자국들이 나 있지만 여우는 어디에도 보이지 않는다.

2

나는 어릴 적에 숲과 구불구불한 샛깅에 둘러씌인 작은 마을에 살았다. 숲은 야생적이기보다는 목가적이었다. 그때 나의 커다란 즐거움이자 비밀은 나만의 작은 집들을 만드는 것이었다. 집이라기보단 막대기와 풀로 만든 오두막들이었고 안에 싱싱한 잎들을 한 무더기 모아놓기도 했다. 울타리도 없고 문도 없었다. 나는 그 안에 들어앉아 세상을 내다보았다. 그 건축물들은 안전과 자유의 캡슐이었고, 바람이 잘 통했으며, 풀로 만들어서 잎과 꽃의 향기가 났다. 다행히 아무도 내 집들을 발견하지도, 해를 입히지도 않았다. 내 집들은 비바람에 무너졌지만 난 슬퍼하지 않았다. 잎과 흙이 있는 다른 장소로 옮겨 가서 거기에 새 집을 지었다.

많은 아이들이 이런 식으로 집을 짓지만 그건 대개 사회적 행위로 그곳에서 영역과 사회에 관련된 놀이를 한다. 나의 경우에는 혼자 있는 게 중요했다. 고독은 잎과 빛, 새소리, 꽃, 흐르는 물의 세계에 솔직하고 기쁘게 감응하기 위한 전제 조건이었다. 어른들의 세계에서는 그런 것들을 기회로, 그리고 물질로 이야기한다. 아이들에게 이 물질들은 아직 신성하다. 아이들은 저마다의 정원을 재창조한다. 그러다 자라면서 분리가 시작된다. 산과 숲은 숭고하지만 계곡의 흙이 곡식을 더 잘 키워낸다. 완벽한 선물은 이제 하나의 집이 아니라 분리된 집(혹은 정신)이다. 어른이 되면 자신이 두 개의 반쪽으로 존재한다는 걸 알게 된다. 여가와 일. 그리고 이 둘을 고려하여 세상을 본다. 여가를 즐길 때는 찬란한 빛을 기억하고, 일할 때는 결실을 추구한다.

하지만 그 어린 시절에 나는 그런 것들을 생각하지 않았다. 그저 초록의 세계로 들어가 나의 집을, 나만의 덮개를, 꿈을, 풀의 궁전을 지었다.

3

그리고 지금 나는 시인 워즈워스를, 어느 날 밤 그가 겪은 이상한 일을 생각한다. 그가 여름과 밤을 사랑하는 어린 소년이었을 때의 일이다. 그는 호수에 가서 작은 배를 '빌려' 노를 저어 물 위로 나갔다. 처음엔 달빛과 고요한 물을 가르는 노 소리가 주는 즐거움에 흠뻑 빠졌다. 그러다 갑자기 가까이 있는 친근한 산봉우리가 그의 마음과 눈에 섬뜩한 유연성을 보였다. 우뚝 솟은 험하고 육중한 바위 봉우리가 그를 **인식하고** 물을 향해 기울어져 그를 뒤쫓는 듯했다. 그는 겁에 질려 정신없이 노를 저어 도망쳤다. 그러나 그 체험을 통해 하나의 조화이자 생각의 친절한 매개인 미에 대한 단순한 심취에서 자연의 더 심오하고 불가해한 위대성에 대한 깨달음으로 나아갈 수 있었다. 그는 늘 자연계의 빛과 고요를 사랑했지만 이제 세상의 괴력과 불가사의에까지, 우리의 이해력을 넘어선 곳에 있는, 뭐라고 이름 붙일 수조차 없는 그 음모들에까지 경의를 표하게 되었다. 그 후로 워즈워스는 분명하고 균형 잡힌 풍경을 이룬 응결체들과 기체들의 배열뿐만 아니라 회오리바람도 찬양하게 되었다. 세상의 미와 기묘함은 기운을 돋우는 상쾌함으로 우리의 눈을 채우는 한편 우리 가슴에 공포를 안겨주기도 한다. 세상의 한쪽에는 광휘가, 그 반대쪽에는 심연이 존재한다.

4

워즈워스는 그 여름 저녁에, 스스로는 그렇게 생각하지 않았지만, 행운이었다. 나도 나뭇잎 오두막에서 행운이었다. 우리와 우주 사이에서 무언가 작용했다. 그런 일이 언제나 일어나는 건 아니다. 하지만 그런 일이 일어나면 우리는 자신이 어디에 사는지 영원히 알게 된다. 어디서 자든, 저녁을 먹든, 테이블에 앉아 글을 쓰든 상관없이.

우리는 살면서 많은 문지방들을, 별을 보러 나가거나 온기와 가족을 찾아 돌아오는 집들을 가질 수 있다. 그러나 진정한 집은(들보와 못이 아닌, 존재 그 자체로 이루어진 집은) 전부 흙으로 되어 있고 문도 없다. 바다나 별들, 기쁨이나 비참함, 희망, 나약함, 탐욕 이외의 주소도 없다.

우주가 무수히 많은 곳에서 무수히 많은 방식으로 아름다운 건 얼마나 경이로운 일인가. 그러면서도 우주는 활기차고 사무적이다. 우주가 우리를 위해서나 우리의 발전을 위해서 그 섬세한 풍경들을 보이고 괴력을 과시하고 인식을 하는 건 분명 아니다. 그럼에도 그 억양들은 우리에게 최고의 활력소가 된다. 우리가 그것들을 받아들이기만 한다면 말이다. 우주에는 빛나는 암시가 가득하기 때문이다. 어떤 이유로든 우리 마음은 세상의 모습과 행위들을 도덕성과 용기로부터 분리할 수 없으며, 모든 관념은 실체에 표현됨으로써 그 힘이 강화된다(창조되는 건 아니라고 해도). 우리는 나비에서 거듭거듭 초월이라는 관념을 본다. 숲에서는 무기력함이 아닌 야심을 본다. 영원히 떠나고 영원히 돌아오는 물에서는 불멸을 체험한다.

개 이야기

개는 저 앞에서 들판 수풀에 주둥이를 박고 있다. 이윽고 내가 그곳에 닿았을 때는 갓 태어난 새끼 들쥐가 개의 목구멍으로 사라지고 있다. 개는 내 기분을(칭찬을 할지, 재미있어하는지, 못마땅해하는지) 살피려고 눈알을 위로 굴리지만 나는 그저 가볍게 머리를 만져주고 내처 걷는다. 판단은 스스로 내리라고. 들쥐들은 수풀 깊숙이 찻잔 모양의 두툼한 둥지를 지어놓고 거기서 무수한 굴들을 따라 샛강으로 가기도 하고 멍든 사과나 박하 잎, 월귤을 가지러 과수원으로 들어가기도 한다. 그러곤 둥지에서 찍찍거리며 고물대는 새끼들에게로 서둘러 돌아간다. 하지만 그 새끼들은 벤의 어금니에 우적우적 씹혀 변형을 향해 어둠과 산$_{酸}$으로 이루어진 통로를 내려갔다. 나는 새끼들이 잘 씹혔기를 바란다.

집에 돌아온 벤은 걸신들린 것처럼 먹어댄다. 밥그릇에 얼굴을 박고 숨도 제대로 안 쉬면서 싹 먹어치운다. 벤은 블루리지에서 데려온 유기견이라 고생이 뭔지 알고 굶주림도—잠시 동안이라도— 겪어봤을 것이다. 처음에 왔을 때 혀가 갈라져 있었는데 오래전에 아문 그 의문의 상처는 캔 뚜껑에 베인 것일 수도, 먹이를 두고 싸우다가 다른 개에게 물린 것일 수도 있다. 그건 우리가 영원히 알 수 없는 비밀 중 하나다. 혀 앞쪽이 2.5센티미터쯤 갈라졌는데 가운데는 아니다. 이제 그 혀는 두 방향에서 미끄러져 나오거나 오른쪽 송곳니 양쪽에 걸려 있으며, 백태 낀 두툼한 혀 위로 송곳니가 솟아 있는 모습이 마치 분홍빛 바다 위의 흰 새 같다.

벤은 기벽과 버릇, 공포와 불안을 가지고 우리에게 왔고 아직도 그것들을 버리지 못하고 있다. 하지만 대개는 합리적인 것들(조용함, 안전함, M과 내가 눈에 보이는 데 있는 것)을 원한다. 녀석은 번개, 빗자루, 불쏘시개, 역화逆火, 트럭에 겁을 먹는다. 그리고 들판, 자유, 토끼 냄새, 차 타는 것, 먹는 걸 좋아한다. 물 1갤런약 3.7리터을 단숨에 마신다. 8시간을 쉬지 않고 달린다. 지금은 아니더라도 전에는 그랬다.

벤 어딨어?
개울에 내려가서 진흙에 뒹굴고 있어.

벤 어딨어?
들에 나가서 또 쥐 잡아먹고 있어.

벤 어딨어?
위층 제 방에서

베개 네 개와 파란 담요 위에서 자고 있어.

✎

　밤과 개에 대하여. 우리는 개처럼 밤의 깊은 어둠을 세세히 파헤칠 수 없다. 어둠 속에서 수풀을 헤치고 나아가는 무수한 존재들을 개처럼 낱낱이 구분할 수가 없다. 생쥐, 들쥐, 밍크, 여우 발톱, 그리고 여우의 가느다란 오줌 줄기, 풀잎에 달라붙은 오줌방울들, 그 투명한 금빛 목걸이. 그리고 토끼―그 발 냄새, 체액, 털 한 올, 흰 꼬리 아래 선腺에서 나오는 울음소리, 배설물 한 방울, 여기저기 떨어지는 검은 진주들. 나는 벤이 젖은 땅에 찍힌 사슴 발자국에 세심하게 코를 대고 무엇엔가 귀 기울이듯 눈을 감는 걸 본 적이 있다. 그가 듣는 건 소리가 아닌 냄새였다. 우리가 알지 못하는 냄새의 거칠고 높은 음악.

　오늘 밤 벤이 마당을 달려가고 베어가 그 뒤를 따른다. 그들은 들판으로 사라져버린다. 실크 띠처럼 부드러운 바람이 집을 감싼다. 나는 개들을 따라 들판 끝까지 가서 숲 가장자리의 키 큰 소나무에 앉은 칡부엉이의 울음을 듣는다. 부엉이는 밤새 거기 앉아 고양이 같은 울음소리를 내다가 이따금 희끄무레한 날개를 펼치고 나방처럼 풀 위를 날 것이다. 부엉이가 날아가자 벤과 베어가 고개를 들고 구경한다. 들쥐도 조약돌 같은 조그만 심장으로 그 소리를 들을 것이다. 나는 아무것도 듣지 못하지만.

베어는 꼬리가 동그랗게 말린 작고 흰 개다. 한가하고 예쁘게 살게끔 태어났지만 세상을 사랑하는 법을 배워서 큰 개들과 어울려 거칠게 날뛴다. 벤과 베어의 형제애는 해가 갈수록 돈독해진다. 두 녀석은 습관도 각각이고 좋아하는 잠자리도 따로 있지만 상대가 눈에 보이지 않으면 끊임없이 걱정한다. 둘이 서로를 응원하며 미친 듯 짖어대기도 한다. 둘 다 재채기로 기쁨을 표현하고 하품으로 익살맞게 당혹감을 나타낸다. 차에서도 집에 가까워지면서 바다 내음이 밀려들기 시작하면 둘 다 꼿꼿한 자세로 콧노래를 흥얼거린다.

> 저 작은 흰 개는
> 무슨 기운이 넘쳐서
> 무얼 그리 즐기려고
> 진흙길에서
> 웅덩이마다 뛰어들까.

어떤 것들은 불변의 야생성을 지니고, 어떤 것들은 온순하게 길들여진다. 호랑이는 야생적이다. 코요테, 올빼미도 그렇다. 나는 길들여졌고 여러분도 그렇다. 야생적인 것들이 변하는 경우도 있지만 겉보기에만 길들여진 것이지 진짜 달라진 건 아니다. 그러나 개는 그 두 세계에 다 속한다. 벤은 헌신적이며 우리 사이에 문이 있는 걸 싫어한다. 우리와 떨어지는 걸 두려워한다. 우리뿐만 아니라 개 친구도 있으며 오랫동안 그 친구에게도 충실했다. 날마다 두 녀석은 다른 개 몇 마리와 시끄럽게 어울려 다니며 피비린내 나는 놀이를 하기도 한다. 개는 순하다가도 그걸 잊는다. 개는 약속을 하지만 그걸 잊는다. 목소리들이 개를 부른다. 늑대 얼굴들이 꿈에 나타난다. 벤은 수풀이 놀랍도록 우거진 곳이나 불모의 땅을 달리는 자신을 발견한다. 우리가 한 번도 보지 못한 곳들이다. 깊은 잠에 빠진 벤의 발이 경련하고 입술이 실룩거린다. 개는 꿈에서 덤불을 헤치고 나는 듯 달리고 좁은 굴을 따라 땅속으로 들어간다. 거기가 집이다. 개는 잠이 깨면 동요한 눈빛이지만 우리가 이름을 부르면 어렴풋이 알아듣는다. 우리를 보고 얼마나 기뻐하는지. 그 기쁨을 표현하려고 조그맣게 재채기를 한다.

그러나 아! 서서히 물러나며 희미해지는 꿈에서는 다시 **그곳**에, 자연의 지배를 받는 바위투성이의 순수한 근원에 존재한다. 그곳에서 다시 야생동물이 되어 그런 삶밖에는 모른다. 다른 가능성을 모른다. 나무들과 개들과 흰 달, 둥지, 가슴, 마음을 따뜻하게 하는 젖의 세계! 굴 끝에는 털이 무성한 사나운 존재가 버티고 있다. 아버지로 알려진 자, 자신이 나중에 자라서 될 용사.

개는 약속하지만 잊어버린다. 그걸 탓할 순 없다. 울퉁불퉁한 입에서 이빨이 번쩍거린다. 등뼈를 따라 털이 곤두선다. 다리 하나를 들고 빛나는 물안개를 뿌린다. 돌 위에, 죽은 두꺼비 위에 혹은 누군가의 모자 위에. 개는 주인이 무얼 요구하는지 알고 거기 부응하려고 애쓴다. 그렇게 오랫동안 착하게 살다가, 잊어버리고 만다.

❧

개의 질주하는 삶은 몹시도 짧다. 개들은 너무 빨리 죽는다. 내게는 그에 관한 슬픈 사연들이 있다. 독자들 중에서도 많은 이들이 그럴 것이다. 우리는 개들이 늙어가도록 방치하는 걸 의지의 부족, 사랑의 부족처럼 느낀다. 개들이 영원히 우리 곁에 머물게 하기 위해서라면, 개들이 젊음을 유지할 수 있게 하기 위해서라면 우린 무엇이든 할 수 있다. 하지만 그 선물만은 줄 수가 없다.

여름 해변
바바, 치코, 오비디아, 피비, 애비게일, 에밀리, 에마,
조시, 푸시파, 체스터, 자라, 러키, 벤자민, 베어, 헨리,
아티샤, 올리, 뷸라, 구시, 코디, 앤젤리나, 라이트닝,

홀리, 수키, 버스터, 바주기, 타일러, 마일로, 매직, 태
피, 버피, 섬퍼, 케이티, 피터, 베니, 에디, 맥스, 루크,
제시, 키샤, 재스퍼, 브릭, 들장미.

베어가 고개를 들고 밝은 표정으로 귀 기울인다. 녀석은 흥
분해서 으르렁거리며 밖을 보려고 창문으로 달려간다. 내가 그
개들을 데려오진 못하고 이름만 소리 내어 부른 건 베어에게
속임수일까, 아니면 선물일까? 녀석은 겨우내 이 수수께끼를,
이 이상하고 놀라운 기쁨을 들으러 부리나케 달려올 것이다.

❧

하지만 내가 찬양하고 싶은 건 개의 상냥함이나 얌전함이
아니라 야생성이다. 개는 야생성에서 완전히 벗어날 수 없고,
그건 우리에게도 득이 된다. 야생성은 우리의 고향이기도 하
며, 우리는 걱정거리와 문제들을 지닌 현대로 질주해 들어오면
서 우리가 지키거나 복구할 수 있는 근원과의 훌륭한 연결 장
치를 필요로 하기 때문이다. 개는 그 풍요롭고 여전히 마법적인
첫 세계의 전령들 중 하나다. 개는 우리에게 우아한 운동능력
을 지닌 육체의 즐거움, 감각들의 날카로움과 희열, 숲과 바다
와 비와 우리 자신의 숨결의 아름다움을 상기시킨다. 깡충거리
며 자유로이 뛰어다니는 개들 중에 우리에게 가르침을 주지 않

는 건 없다.

자유로이 뛰어다니는 개들이 나무라면, 평생 목줄에 묶여 얌전히 걸어 다니는 개들은 의자라고 할 수 있다. 그런 개들은 인간의 소유물, 인생의 장식품밖에 안 된다. 그런 개들은 우리가 잃어버린 광대하고 고귀하고 신비한 세계를 상기시켜주지 못한다. 우리를 더 상냥하거나 다정하게 만들어주지 못한다.

목줄에 묶이지 않은 개들만 그걸 해줄 수 있다. 그런 개들은 우리에게만 헌신하는 게 아니라 젖은 밤이나 달, 수풀의 토끼 냄새, 질주하는 제 몸에도 몰두할 때 하나의 시가 된다.

너무 멀어서 우리 귀엔 들리지도 않는 천둥이 벤의 귀를 압박해오면 녀석은 우리를 깨워 먼저 M에게, 그 다음엔 나에게 벌렁거리는 가슴으로 뜨겁게 기댄다. 그러곤 우리가 따스한 목소리로 천천히 속삭여주는 사랑의 말을 듣는다. 하지만 폭풍우가 지나가면 녀석은 다시 용감해져서 밖에 나가고 싶어한다. 문을 열어주면 뒤도 안 돌아보고 미끄러시듯 나가버린다. 이른 새벽의 서걱거리는 푸른 공기 속에서 우리는 녀석이 바닷가를 따라 일출의 첫 분홍빛으로 달려가는 걸 지켜본다. 우리는 풍경과 하나가 된 그 즐거움에—자연 속에서의 그 위대하고 아름다운 기쁨에 매료된다. 개의 즐거움을 보고 우리의 즐거움도

커진다. 그건 작은 선물이 아니다. 그건 우리가 자신의 개와 길거리의 개들, 아직 태어나지 않은 모든 개들에게 사랑뿐 아니라 경의까지 보내야 하는 커다란 이유다. 음악이나 강이나 부드러운 초록 풀이 없다면 세상은 어떤 모습일까? 개들이 없다면 세상은 어떤 모습일까?

완벽한 날들

산은 산이다. 모든 햇살 눈부신 여름날에 산은 지극히
한결같다. 가을의 숲도, 길고 푸른 나날에 늘 똑같다. 호수도,
그 에너지들이 눈에 보이는 확실한 습성 속에서 움직이는 바다
도 마찬가지일 것이다.

아, 그렇다면 오톨도톨한 알갱이들로 이루어지고, 잎이 무성
하고, 액체인 세상은 얼마나 단순한 곳인가! 움직임의 거장 아
이올로스만 아니라면 말이다. 바람의 신 아이올로스는 자신의
동굴에 바람들을 가두어뒀다가 기분 내킬 때마다 세상으로 날
려 보내서 하나의 세상이 아닌 수천 개, 수백만 개의 세상을 만
든다!

우리가 쓰는 '날씨'라는 말은 과거 어느 시기에 바람 혹은 공
기를 뜻하는 말에서 나온 것이다. 어떤 바람이 찾아오는가? 속
삭이는 바람, 아니면 울부짖는 바람? 짓밟는 바람, 아니면 봄의
부드러운 손길 같은 바람? 그건 올바른 확실성들 사이의 변화
의 매듭, 고요를 뒤흔들어 광란 상태로 만들었다가 다시 그지
없는 행복의 상태로 돌아가게 하는 촉매제다.

나는 최소량의 날씨를 선호한다. 아주 조금이면 된다. 최고

의 날씨는 날씨가 없는 것이라고 말할 수 있다. 나는 워즈워스처럼 바다보다는 호수가, 흰 눈 덮인 험한 산봉우리보다는 완만한 초록의 산이 좋다. 역사를 만드는 격렬한 활동보다는 사색에 잠기고 작품도 구상할 수 있는 길고 쉬운 산책이 좋다. 나는 최고 날씨의 작고 유익한 움직임들이 좋다. 그것들은 장엄한 움직임이 아니다. 폭풍우, 사이클론, 홍수, 빙하, 산사태처럼 뉴스거리가 되고 영웅을 필요로 하는 것들이 아니다.

셸리Percy Bysshe Shelley, 조지 고든 바이런, 존 키츠와 함께 영국의 낭만주의 3대 시인으로 불린다가 몽블랑에 대해, 그 무시무시한 풍경과 끊임없이 재배열하고 다듬는 바람들에 대해 많은 작품들을 쓴 것은 사실이다. 하지만 그 자신은 거기서 안전한 거리를 두고 있어서 펜은 잉크가 마르지 않고 종이는 젖지 않고 정신은 사색에 몰두할 수 있었다. 흥분의 옹호자들도 있지만, 나는 2년 전인가 3년 전 여름에 베닝턴의 토네이도를 놓친 걸 애석하게 생각해본 적이 없다. 그때 (보도에 의하면) 하늘은 섬뜩한 초록으로 변하고 숲과 길가 나무들이 전장의 병사들처럼 쓰러졌다고 한다.

문제는, 삶에서든 글쓰기에 있어서든 이야기가 필요하다는 것이다. 그리고 혹독한 날씨는 이야기의 완벽한 원천이다. 폭풍우 때 우리는 무언가 **해야만** 한다. 어디론가 **가야만** 하고, 거기서 이야기가 시작된다. 그 속에서 우리의 마음은 기쁨을 느낀다. 역경, 심지어 비극도 우리에게 카타르시스를 제공하고 스승이 된다.

우리 모두 도전과 용맹을 찬양한다. 바람 없는 날 단풍나무들이 천개를 길게 드리우고 푸른 하늘이 끝도 없이 펼쳐져 있을 때, 어느 향기로운 들판에서 불기 시작한 지 한 시간도 안 된 바람이 살그머니 우리를 스치고 지나갈 때, 우리가 하는 건 무엇인가? 너그러운 땅에 누워 편안히 쉬는 것이다. 그리고 잠이 들기 십상이다.

＊

몇 해 전, 이른 아침에 산책을 마치고 숲에서 벗어나 환하게 쏟아지는 포근한 햇살 속으로 들어선 아주 평범한 순간, 나는 돌연 **발작적인** 행복감에 사로잡혔다. 그건 행복의 바다에 익사하는 것이라기보단 그 위를 둥둥 떠다니는 것에 가까웠다. 나는 행복을 잡으려고 애쓰지 않았는데 행복이 거저 주어졌다. 시간이 사라진 듯했다. 긴급함도 사라졌다. 나 자신과 다른 모든 것들 간의 중요한 차이도 다 사라졌다. 나는 나 자신이 세상에 속해 있음을 알았고 전체에 속박되어 있는 것이 편안했다. 그렇다고 세상의 수수께끼를 푼 기분을 느낀 건 결코 아니었고 오히려 혼란 속에서 행복할 수 있었다.

여름 아침, 그 평온함, 내가 서 있는 풀밭은 떨림조차 거의 없지만 위대한 일이 행해지고 있다는 느낌. 아주 평범한 순간이었고 흔히 말하는 신비 같은 건 전혀 없었다. 환각도, 특별한 것도 없었고 하나의 세상에 존재하는 모든 것들, 나뭇잎들과 먼지와 지빠귀들과 되새들과 남자들과 여자들에 대한 갑작스러운 인식만이 있었다. 하지만 나는 그 순간을 결코 잊을 수 없었고 그 후로 몇 해 동안 그 순간을 토대로 많은 결정을 내리게 되었다.

내 이야기에는 산이나 계곡, 눈보라, 우박 혹은 세상을 할퀴고 지나가는 송곳 바람이 들어 있지 않다. 나의 희귀하고 경이로운 인식은 그런 분주한 시간에는 찾아오지 않는 듯하다. 날씨에 관한 이야기들은 폭풍이나 악천후를 만난 일, 얼음 덮인 좁은 산길을 기어오르거나 반쯤 언 늪을 건넌 것에 대한 내용이기 쉽다. 나는 그 반대되는 내용을 특별하게 만들어서 그런 이야기들의 가치를 떨어뜨릴 생각은 없다. 악천후 속에서 개인의 정신과 우주의 교감이 불가능하다는 주장을 하려는 것도 아니다.

다만 감히 내 의견을 말하자면, 그런 교감은 푸른 하늘의 축복 아래 햇살 가득한 세상이 평온을 구가하고 바람의 신이 잠들었을 때, 그 조용한 순간에 몰입하는 사람에게 일어나기 쉽지 않을까 한다. 그런 때 우리는 모든 겉모습과 부분성의 베일을 들추고 그 속에 숨겨진 걸 엿볼 수 있을 것이다.

우리는 태양의 장미꽃잎들 속에 서서 바람이 벌의 날개 아래서 졸면서 내는 소리보다 크지 않게 웅얼거리는 소리를 들을 때 가장 강력한 가정에(심지어 확실성에까지) 이를 수 있을 것이다. 이런 평온한 날씨도 엄연히 날씨이며 보도할 가치가 있다.

달력이 여름을 말하기 시작할 때

나는 학교에서 나온다 재빨리
그리고 정원들을 지나 숲으로 간다,
그리고 그동안 배운 걸 잊는 데 여름을 다 보낸다

2 곱하기 2, 근면 등등,
겸손하고 쓸모 있는 사람이 되는 법,
성공하는 법 등등,
기계와 기름과 플라스틱과 돈 등등.

가을쯤 되면 어느 정도 회복되지만, 다시 불려간다
분필 가루 날리는 교실과 책상으로,
거기 앉아서 추억한다

강물이 조약돌을 굴리던 광경을,
야생 굴뚝새들이 통장에 돈 한 푼 없으면서도
노래하던 소리를,
꽃들이 빛으로만 된 옷을 입고 있던 모습을.

황무지 : 엘레지

　　몇 해 전부터 공식적으로 가동을 멈춘 우리 시의 옛 쓰레기 소각장에선 버려진 박하나무와 라즈베리가 자갈투성이 땅에 다시 뿌리를 박고 자랐다. 사과나무 두 그루가 꽃을 피우고 해마다 울퉁불퉁한 초록 열매를 20킬로그램씩 생산했다. 블랙베리가 언덕들을 타고 오르거나 내려가며 자라고 엉겅퀴, 비누풀, 영구화, 미역취, 야생 당근이 잎을 틔우고 꽃을 피우고 그 다음엔 많은 씨앗을 맺었다. 울타리의 인동덩굴이 몇 송이 분홍 장미를 향해 물결쳐 올라갔다.

　　가장자리가 어둠에 물든 그 가시투성이 울타리는 이젠 깔끔하고 문명적인 산울타리가 아니다. 쓰레기 소각장은 이제 존재하지 않는다. 과거의 세상이 요구한 것들이 있었던 것처럼 지금의 세상이 새로이 요구하는 것들이 있고, 그 요구들은 그리 간단하게 충족될 수 없다. 묵은 땅 몇 쪼가리로는 부족하다. 이 몇천 평의 땅에, 그리고 주변의 더 많은 땅에 우리 시 하수처리장이 만들어질 것이다. 우리 삶의 쓰레기들이 땅속 파이프들을 타고 와 집결되는 곳. 이 얼마나 슬픈 떠들썩함인가!

　　나는 꽃들에 대해 이야기하고 싶은데 손님들이 북적이는 우리 시의 6만 명에 이르는 사람들의 생활하수를 처리하는 문제가 대두되었다. 6만이라는 숫자는 몇 해 전 주말의 추정치다. 사람들이 긴 곶 끝에 있는 작은 도시를 찾는 건 아름다움 때문이지만 그들의 수가 그 아름다움을 위태롭게 한다. 사람들은 친교, 해변과 태양, 여흥, 상점과 레스토랑을 찾아 이곳에 온다. 그들은 옛 선장들 집을 개조해서 만든 여관이나 새로 생긴 거리들과 혼잡한 쿨데삭cul-de-sac, 프랑스어로 '막다른 골목'을 뜻하며 통과교통을 배제하여 조용한 환경을 조성하기 위한 주택단지에 주로 사용됨에 끊임없이 지어지는 콘도에 묵는다. 그래서, 이건 엘레지Elegy, 죽은 사람을 그리는 애도의 시다.

여름이면 검은 뱀들이 크림색 인동덩굴 꽃들과 분홍 장미들 사이를 소용돌이치듯 기어갔다. 풀밭을 걷다 보면 뱀들의 검은 얼굴이 이국적인 꽃처럼 나타났다. 거의 항상 두 마리였고 가끔 세 마리일 때도 있었다. 한 마리는 눈이 석류석 색이었다. 그 뱀은 인사는 안 하고 한참 동안 가만히 나를 응시하기만 했다. 그 뱀들은 용감했다. 이따금 두 마리가 양지 바른 돌 위나 낡은 아스팔트싱글 무더기에서 자다가 내가 다가가면 한 마리가 달려와 나에게 몸을 날린 후에야 먼저 도망친 짝을 따라 장미 그늘 속으로 사라졌다.

뱀들은 이제 곧 다른 살 곳을 찾아 떠날 것이다. 하지만 녹록지 않을 것이다. 오늘날의 세상은 자꾸 뻗어나가지 않으면 안 되니까. 주거지역만 느는 게 아니라 주거에 필요한 시설도 끝없이 생겨나야 하니까. 우리에겐 그런 시설이 필요하다.(그래서, 이건 엘레지다.) 상자거북들이 여기 둥지를 틀었고, 비단거북들도 그랬다. 언덕 정상 아래에 있는 얕은 연못들에서 늑대거북들이 가죽 같은 창백한 알을 낳기 위해 기어 나왔다. 너구리들이 그 알들을 노리고 있다가 거북이 알을 낳고 느릿느릿 떠나기 무섭게 알들을 약탈했다. 여우들이 (그리고 여름에는 붉은 옷을 입은 사슴들이) 우아한 발자국을 남겼다.

눈에 금테를 두른 두꺼비도 늘 여기 있었다.

그리고 근처의 그늘진 장소에 서늘하게 빛나는 진귀한 풀산딸나무가 있었다.

여러 해 전부터 쓰레기를 버리지 말라는 경고문들이 붙었다. 몇 해 전에는 이 지역이 오토바이 코스로 지정되었다는 안내문이 보였다. 오토바이들은 오후에 자주 나타나 으르렁거리며 들판 오솔길에 바퀴 자국을 냈다. 억제할 수 없는 맹렬한 소년의 에너지로 요란하게 질주했다. 나는 그게 싫었지만 그렇다고 분개하진 않았다. 소년들과 그들의 상징물에도 공간이 필요하니까. 그 공간이 하필 몇 안 되는 시 소유 삼림지 중 하나인 이곳, 오염된 중심지를 빼면 신선하고 자유로운 이곳일 이유는 없지만 말이다. 이 지역은 국립해안공원과 자연스럽게 연결되어 있지만 잔뜩 웅크린 자세로 오토바이 핸들을 잡고 달리는 소년이 그 보이지 않는 경계선을 기억할 수 있을까? 그래서 공원의 그늘진 오솔길에도 오토바이 바퀴 자국이 나고 쓰레기 천지가 되었다. 한 공간에서 그런 상이한 종류의 여가 활동들이 이루어질 경우 그것들의 공존은 불가능에 가까운 일이다.

경고문이 무색하게 잔뜩 쌓인 쓰레기는 대부분이 닳아 없어지지도, 심지어 썩지도 않고 그대로 남았다. 쓰레기는 지금까지 그래왔고 앞으로도 그럴 것이다. 낡은 스토브들이 특히 눈에 띄었다. 오토바이 길을 따라 버려진 수십 개의 타이어에 고인 물에서 모기들이 무수히 번식했다.

그래도 나는 소년들과 오토바이들이 없는 시간에 이곳을 걸으며 다른 데서는 볼 수 없는 새들을 구경할 수 있었다. 이를테면 유리멧새나 검은부리뻐꾸기 같은. 그 새들보다는 흔한 황금방울새, 고양이 울음소리를 내는 개똥지빠귀, 갈색개똥지빠귀, 아메리카솔새, 종려솔새, 콩새도 있었다. 루비목벌새도 여기 둥지를 틀었는데 정확히 어떤 나무였는지는 지금까지도 모르겠다. 그때 비밀이었다면 새들과 그 나무 자체가 사라진 지금 그 비밀이 지켜지지 못할 이유가 무엇인가? 그리고 데이지, 해란초, 연보랏빛 꽃을 피운 금관화, 노랑 데이지도 있었다. 희고 붉은 해당화도 있었다. 해당화는 여름 햇살 속에서 꽃봉오리들과 윤기 흐르는 주름진 잎들을 주렁주렁 달고 쑥쑥 자랐다. 그러다 자신의 달콤한 무게를 못 이겨 축 늘어졌다.

하지만 이건 엘레지다. 이제 이곳엔 새로 중요한 일을 맡을 건물들이 있다. 깔끔하고 케이프코드작가가 살고 있는 도시는 케이프코드에 있는 프로빈스타운이다다워서 은행으로도 손색없는 벽돌 건물!

그리고 그 뒤에 있는 거대한 원형 시멘트 구조물(이건 건물이라고 부를 수가 없다)―벽이 두꺼운 이 원형 구조물은 미를 고려해서 지은 게 아니며 아직 완성되지도 않았다. 파이프 더미들이 여기저기 흩어져 있다. 언덕을 타고 오르거나 내려가던 블랙베리, 미역취, 인동덩굴은 모두 사라졌다. 분홍 장미도 사라졌다. 여우 발자국도 없다.

그동안 불에서, 버려진 물건들의 알 수 없는 성분(기름, 페인트, 자동차 배터리, 그리고 무수히 많은 유해 물질)에서 나온 독들이 이곳의 땅속으로 스며들었다. 생각해보라! 내가 그것도 모르고 여기서 블랙베리와 라즈베리를 따 먹은 세월이 얼만지. 나는 그 열매들이 달콤하고 좋다고 생각했다. 행운의 선물이라고 여겼다. 그리고 파편들이 쌓인 언덕 비탈에서 이상한 모양의 낡은 병들을, 화염에 구부러지고 변형된 유리들을 찾아냈다. 약병이 녹아서 생긴 짙은 청색 유리 조각들, 사탕이 들어 있던, 날개 하나에 이 빠진 자국이 있는 유리 비행기.

하지만, 이건 엘레지다. 떠나보내기 싫어하는 글이다. 그러나 과거는 떠나야만 하고, 이미 떠나버렸다. 분홍 장미들과 눈에 금테를 두른 두꺼비는 이제 없다. 오토바이 타던 소년들도 이제 어른이 되었다. 타이어들조차 사라졌다. 시 정부는 불합리하지 않은 결정을 내렸다. 우리는 오수 처리 문제를 방치할 수 없다. 오수가 상수도로, 도시를 둘러싼 청정 항구로 침투하는 걸 간과할 수는 없다. 그리고 우린 인구가 너무 많다.

여름이면 이 척박한 토양에서도 참개불알꽃이 흐드러지게 피었다. 예닐곱 그루씩 모여 서 있는 모습이 마치 노래할 준비를 하는 작은 합창단들 같았다. 거기서 아주 드물게 순백의 꽃이 피기도 했다.

나는 이곳에서 벌어진 일을 좋아하지 않는다. 이 땅이 잃은 걸 가벼이 여기지 않는다. 다만 합리적이고 싶을 뿐이다. 나 또한 세상의 요구에 따라야만 한다는 걸 아니까. 하지만 기회가 너무 적다! 벌새에게 미안하다. 뱀들이 새 보금자리를 찾았기를 바란다. 그리고 새로운 방식이 통하기를 바란다. 내 기억력이 좋은 게 다행이다. 우아한 여우 발자국을, 황금방울새를, 영구화를 잊지 않을 테니까. 나는 우리의 명백한, 나무로 가득한, 생물들로 활기 넘치는 세상이 무엇인지 안다. 우리의 정원과 목장과 개조물이다. 그건 우리의 학교, 법원, 교회, 묘지, 그리고 영원의 부드러운 숨결이기도 하다.

나는 세상을 사랑하기 위해 세상을 걷는다. 그러다 한 가지 의문에 섬뜩해진다. 몇 해 동안 이 옛 소각장을(이 황량한 장소, 이 비밀의 정원을) 산책하면서 나와 같은 이유로 나온 사람을 단 한 명도 만나지 못한 건 무슨 까닭일까?

미를 추구하는 예술가들

에머슨 : 서문

　어떤 것이나 어떤 사람의 탁월함과 특별한 가치는 우리가 언제 어디서 바라보느냐에 따라 달라질 수밖에 없다. 에머슨에 대한 우리의 새로운 논의 역시 때와 장소의 영향을 받는다. 때라 함은 물론 21세기 초입을 말하고, 에머슨이 보스턴에서 태어난 날로부터 200년이 흐른 후다. 장소라 함은 그가 콩코드를, 그리고 육체적으로 존재했던 모든 곳들을 벗어나 이제 우리의 생각이라는 더 넓고 무한한 세계 안에만 머물고 있음을 의미한다. 그는 오직 책 속에만, 그 책에 몰입한 정신에만 존재한다.

　우리에겐 자신의 시대에 자신의 삶을 산 에머슨과 우리 멘토로서의 에머슨 중 하나를 고를 수 있는 선택권이 있다. 이 두 에머슨은 각자의 매력을 지니고 있다. 살아생전의 에머슨은 믿기 어려울 정도로 다정했고, 이성을 추구하면서도 놀랍도록 즉흥적이었다. 그러나 세월이 그를 모든 인간사에서 자유롭게 만들었고 우리는 그의 평생 과업들, 그의 정신의 삶을 통해 그를 더 분명히 알기 시작한다. 물론 그는 화요일이나 토요일을 넘어서는, 심지어 그의 최초의 강력한 혹은 교훈적인 혹은 멋진 영향까지도 넘어서는 무언가를 탐구했다. 그는 『미국의 학자The American Scholar』에 이렇게 썼다. "학자의 소임은 사람들에게 외관들 사이의 사실들을 보여주어 그들을 격려하고, 일으키고, 안내하는 것이다." 그가 말하는 "외관들"은 벽돌담, 정원 담장, 익어가는 배 같은 단순히 물질적이고 일시적인 것인 반면 "사실들"은 배들의 반짝거림, 새와 바람의 노래, 밤하늘의 초롱초롱한 별빛 같은 종잡을 수 없는 증기와 공인되지 않은 선의로 이루어져 있다는 데 그것의 고결한 즐거움이 있다. 에머슨은 인간이 그것에 눈뜨면 자기 삶의 모든 육중한 돛들을 도덕적 목적을 향해 돌릴 것이라고 믿었다.

외관들을 통해 가장 잘 알 수 있는 그의 인생 이야기는 다음과 같다. 랠프 월도 에머슨은 1803년에 태어났고, 그의 아버지 윌리엄 에머슨은 1811년에 세상을 떠났다. 에머슨의 가족(어머니, 누이 둘, 형제 다섯)은 가난했지만 신앙심이 두텁고 지적 야망이 있었다. 하지만 죽음의 빠르거나 느린 번개가 너무도 자주 그 가족을 덮쳤다. 누이 둘과 형제 하나가 어려서 죽고 세 형제 윌리엄, 에드워드, 찰스는 성년 초기까지밖에 살지 못했다. 천수를 누린 형제는 로버트 하나뿐이었는데 어린애 같은 정신의 소유자였다. 시인 월트 휘트먼이 철부지 형제를 거의 평생 책임졌던 것처럼, 에머슨도 이 호전적인 동생에게 늘 신경을 써야 했다.

에머슨은 하버드대학교와 신학교를 졸업한 뒤 보스턴 제2교회(유니테리언)에서 설교를 시작했다. 그리고 그해에 아름답지만 병약한 엘렌 터커와 결혼했다. 그녀는 병마에 시달리다가 1832년에 사망했다. 그때 에머슨의 나이가 스물아홉이었다.

에머슨이 풍요롭고 확고한 내면의 삶에 헌신하기 시작한 것은 이 시점부터였다고 할 수 있다. 그는 엘렌 터커가 세상을 하직한 후 바로 설교단을 떠났다. 성례를 행하는 것이 종교적인 추모 이상의 의미를 지니지 않는다고 믿게 된 것이다. 자신의 설교를 듣는 신도들에게 그런 사실을 고백했고 신도들은 그의 솔직함을 고마워했을지언정 그런 목사를 모시고 싶어하진 않았다. 에머슨은 바로 유럽 여행을 떠났다. 천천히 대륙을 한 바퀴 돌고 영국으로 갔다. 그는 영국의 도시들과 예술, 건축에 아주 분명하게 나타난 과거의 장엄함에 깊이 감동받았다. 그는 현재를 탐구하는 것도 게을리하지 않았다. 그가 여행 중에 만나 대화를 나눈 사람들 명단을 보면 놀라움을 금할 수 없는데 콜리지, 워즈워스, 월터 새비지 랜더, 존 스튜어트 밀이 거기 속한다. 토머스 칼라일과의 만남은 평생의 우정으로 이어져 두 사람은 1882년 에머슨이 세상을 떠날 때까지 대서양 너머로 편지를 주고받았다.

유럽에서 돌아온 에머슨은 새로운 삶의 방식을 확립했고 남은 생을 그 방식대로 살았다. 그는 리디아 잭슨이라는 젊은 여인과 재혼했다. 대학 때부터 꾸준히 써온 일기를 통해 문체와 관념에 대해 탐구했고 벽을 하나씩 허물며 전진한 결과, 확실성과 유창함이라는 두 개의 목표점에 이를 수 있었다. 그는 콩코드에 집을 샀다. 콩코드는 보스턴과 가까웠지만 그곳만의 특별한 개성이 있었고 주민들은 농부, 상인, 교사 그리고 가장 활발한 이상주의자들이었다. 에머슨은 이곳에서 남편이자 아버지, 작가이자 강사로서 겉보기엔 조용하고 평화로운 삶을 살게 되었다.

문학의 최고 효용은 제한적인 절대성이 아니라 아낌없는 가능성을 지향한다. 문학은 답을 주기보다는 의견, 열띤 설득, 논리, 독자가 자신과의 싸움이나 자신의 곤경을 해결할 수 있는 실마리를 제공한다. 이것이 에머슨의 핵심이다. 그는 곧장 앞으로 나아가지 않고 주제의 모든 면에서 어슬렁거린다. 친절한 몸짓으로 제안을 하고, 우리에게 문을 열어주며 우리 눈으로 직접 보라고 말한다. 그가 완강히 주장하는 것이 한 가지 있다면 우리 **스스로** 보아야 한다는 것이다. 그게 삶의 진수니까. 삶의 문제들에 대해 숙고하는 것, 정원에서 잡초를 뽑거나 소젖을 짜면서도 생각에 집중하는 것.

그는 처음부터 그런 정책(그렇게 부를 수 있다면)을 확립했다. 그가 처음으로 출간한 책은 『자연』인데 거기서 그는 대문자 'Nature'와 소문자 'nature'에 대해 똑같이 평온한 어조로 이야기한다. 에머슨은 세계가 Nature(자연)와 Soul(정신)로 이루어져 있으며 Nature

는 nature(일반적으로 우리가 자연이라고 부르는 공기, 강, 나뭇잎 따위), art(인간의 의지로 만들어진 집, 운하, 동상, 그림 따위), 다른 모든 사람들, 자신의 육체를 포괄한다고 보았다. 따라서 Nature는 철학적인 의미의 자연, nature는 일반적인 의미의 자연으로 규정된다. 우리는 전자가 "이 신의 그물this web of God, 『미국의 학자』에 쓰인 표현", 우리의 정신을 제외한 모든 것을 의미함을 분명히 이해하지만 그는 소문자로 된 자연에도 우리 삶을 내려놓는다. 우리에게 숭고함과 일반성의 짐을 똑같이 지우려는 것처럼. 그런 결합(둘 다에 대한 필연적인 존중)이 극히 중요한 문제인 것처럼. 『자연』은 전적으로 신성과 첫째 목적들에 대해 다루고 있으며, 예법에 관한 책이지만 어디까지나 정신의 예법이다. 이 책은 어조나 암시를 통해 우리가 흔히 '현실'이라고 부르는 삶을 폄하하지 않으며, 정신적 깨달음이 우리 삶의 진정한 성과라고 전제한다.

세상에 무수한 사람들이 존재하는 만큼 이러한 정신적 깨달음의 방식도 헤아릴 수 없이 많다는 사실은 에머슨에게 전혀 문제가 되지 않았고, 정신적 깨달음이 현생에서의 천국의 시작이라는 믿음은 그가 절대적인 것으로 여기는 몇 가지 진실 중 하나였다.

1836년에 첫 작품을 출간하고 몇 해가 지날 때까지도 그는 세상에 거의 알려지지 않은 인물이었다. 그는 7대에 걸친 목사 집안의 후손으로서 전통적인 견해에서는 실패한 성직자였으며, 직위라곤 콩코드 소방협회 소속 자원봉사자가 다였다. 그는 자연과 더불어 살고자 했지만 자신의 집 거실에서도 편안한 시간을 보내려고 노력했다. 소로의 멘토이자 호손, 특이한 브론슨 올컷, 열정적인 마거릿 풀러, 수다쟁이 엘러리 채닝, 흥분 잘하는 존스 베리의 이웃으로서 그는 우정과 참여로 모임을 빛냈다. 그의 집은 친구들과 이야기로 가득할 때가 많았다. 당시 어린 소년이었던 줄리언 호손너새니얼 호손의 아들로 작가이자 언론인으로 활동했다은 응접실에 앉아 있던 에머슨의 모습을 이렇게 회고했다. "유연한 두 다리를 꼬고 있었는데 한쪽 발이 반대쪽 발목 바깥쪽에 닿았다. 한쪽 무릎에 팔꿈치를 올리고 앞으로 몸을 기울여 앉아 손님들을 보면서 대화를 나눴다." 어느 날 저녁 그의 딸 엘렌이 양고기에 대해 정육점 주인과 이야기하라고 그를 불렀다. 그러자 그는 딸의 말에 따르려고 조용히 일어나서 나갔다고 한다.

다른 이야기도 있다. 6월 어느 날의 일인데 그의 일기에 적혀 있다. "나는 5년 가까이 긴 휴일에 나의 이 좋은 집에서 훌륭하고 재능 있는 친구들과 어울려 천국의 즐거움을 실컷 누릴 수 있었고, 그러는 내내 개울 건너 구빈원에서는 가련한 광녀 낸시 배런이 목이 쉬도록 절규하고 있었다. 지금도 창문을 열 때마다 그녀의 절규가 들린다."

에머슨은 뉴잉글랜드 초월주의자로 알려진 그룹의 대표적 인물이었다. 초월주의는 정식 철학이라고 보기 힘들었고, 그 그룹은 구성원 모두의 생각이 일치하는 학파는 분명 아니었다.

다양한 감수성을 지닌 콩코드에서 그건 불가능한 일이었다! 따라서 초월주의는 각 구성원에게 조금씩 다르게 이해될 수밖에 없었다.

에머슨의 경우 자신의 종교적 신념과 세상의 실용을 초월한 아름다움에 대한 인식뿐 아니라 콜리지와 독일 철학, 스베덴보리[18세기 스웨덴의 신비주의자이자 자연과학자, 철학자]를 비롯한 수십 개 다른 목소리들의 영향을 받았다. 에머슨에게 초월주의의 가치와 특징은 날카로운 정의定義로부터 벗어남에 있었다. 모든 세상은 눈을 통해 받아들여져서 영혼에 닿으며 거기서 **더 중요한 것**, 즉 외관들보다 심오한 영역의 상징이 된다. 이상적이고 숭고한 영역, 오로지 물질성의 결여와 정적만을 나타내는, 우주가 꾸준히 눈부시게 존재하는 심오한 고요의 영역.

에머슨은 가정적이고 사회적이고 집단적이며 행동을 요구하는 세상을 외면하려 하지 않았다. 그러면서도 흔들림 없는 내면의 광휘에서 벗어나지 않았고 직관적이었으며, 이성적인 말을 만들지 않고 열정적이고 번역 불가능한 노래에 심취했다. 인간은 무릇 가정적이고, 견실하고, 도덕적이고, 정치적이고, 이성적이어야 한다. 그러면서도 바람의 손아귀에 든 먼지처럼 소용돌이치며 살아야 한다. 그것이 그의 유연하면서도 꺾이지 않는 신념이었다.

인간은 세상을 외면해서는 안 된다는 그의 확신은 다른 초월주의자들의 유사한 믿음과 합쳐져 1830년대와 1840년대에 뉴잉글랜드에서 작지 않은 힘을 지녔으며, 노예제도 폐지를 위한 연설과 행동에서 특히 그러했다. 에머슨은 함부로 분개하는 사람이 아니었지만 자신의 일기에서 격분을 감추지 못했다. "이 더러운 법(도망노예송환법을 말함)은 19세기에 읽고 쓸 줄 아는 사람들에 의해 만들어졌다. 나는 결코 이 법에 따르지 않을 것이다." 그는 그 맹세를 지켰다.

품위를 잃은 글은 중요성을 잃는다. 더욱이 영감을 주면서도 절도를 지키는 글을 쓰는 건 쉬운 일이 아니다. 에머슨의 요령(비하의 의도를 담은 표현은 아니다)은 글의 소재는 '사물들'이면서도, 주제는 개념적이고 눈에 보이지 않으며 희미한 빛에 지나지 않지만 예리한 직관의 눈빛이었다는 것이다. 그렇게 그는 평범한 말에 놀라운 관념을 결합했다. 그는 이렇게 조언했다. "당신의 마차를 별에 매라." "물방울은 하나의 작은 바다다." "어리석은 일관성은 편협한 정신의 헛된 망상이다." "우리는 표면들 위에서 살며 삶의 진정한 예술은 그 위에서 스케이트를 잘 타는 것이다." "잠은 평생 우리 눈가에 머문다. 밤이 종일 전나무 가지에 머무는 것처럼." "영혼이 육체를 만든다." "기도는 가장 높은 견지에서 인생의 사실들에 대해 숙고하는 것이다." 이런 조언들을 들으면 그의 비범한 직관적 실천이 더 분명하게 이해되고 우리에게도 가능한 것처럼 느껴진다.

물론 그의 글은 19세기 문장으로 이루어져 있으며 쉼표를 교묘하게 잘 사용하고 있다. 표현의 불꽃들은 잘 다듬어진 글 속에서 합리적으로 부드럽게 나아가다가 갑자기 도약한다. 시인이 운율에 의지하듯 그는 금언에 의지하며, 결론에 도달하지 않고 정지하여 독자 스스로 결론을 향해 나아가도록 현명하게 밀어준다. 그의 글은 화려한 웅변이 아니라 자연스럽고, 알차고, 원숙하고, 씨앗과 가능성이 가득하다. 특히 도저히 증명할 수 없는 것에 대해 말할 때 그는 좋은 소식을 알린다. 흉내지빠귀가, 혹은 메리맥 강의 부드러운 목소리가 온종일 좋은 소식을 전하는 것처럼. 이것이 에머슨의 특기다. 그의 글은 귀에 즐겁고, 마음에 원기를 북돋아주고, 그러면서도 정신에 강한 충격을 준다.

그렇게 그는 글을 쓰면서 주로 보스턴과 뉴욕에서, 그리고 서쪽으로 미주리와 그 너머까지 가서 강연을 했다. 그는 여행을 하거나 집을 떠나 있는 걸 좋아하진 않았지만 돈이 필요했고 강연을 통해 자신의 글들을 더 갈고 닦아 출간에까지 이를 수 있으리라 믿었다.

1847년, 이제 대서양 양편에서 널리 존경받는 작가로 자리매김한 에머슨은 다시 영국으로 떠났다. 호기심에 찬 많은 군중이 그의 강연장에 몰려들었다. 크랩 로빈슨영국 법률가이자 일기 작가은 당시에 쓴 일기에서 처음엔 자신의 소감을, 그 다음엔 작가

해리엇 마티노의 반응을 다음과 같이 밝혔다.

　　화요일에 에머슨의 첫 강연 '생각의 법칙에 대하여'를 들었
다. 콜리지의 『담화Table Talk』나 칼라일의 강연에서 볼 수 있
는 정신의 열광적 발휘의 한 예로, 몽롱한 쾌감을 남기며 분
석하기가 쉽지 않고 설명도 제공하지 않는다. (…) 해리엇 마
티노의 평을 인용하는 게 가장 좋을 듯하다. 그의 정신의 특
성에 대해 놀라우리만큼 잘 묘사하고 있으니까. "그는 너무
도 sui generis(독특한) 인물이라 그를 직접 보기 전에는 이해
할 수 없는 것이 놀랍지 않다. 그의 영향력은 신기하다. 그는
막연한 고결함과 더할 수 없는 다정함으로 사람들을 마음 깊
이 감동시키며 사람들은 그 이유를 설명하지 못한다. 논리가
들은 끊임없이 그에게 승리를 거두지만 그들의 승리는 아무
쓸모가 없다. 그는 가는 곳마다 사람들의 감정뿐 아니라 이
성까지도 정복한다. 그 이유를 납득할 수는 없지만, 사람들의
이성을 드높이고 정신을 그 어느 때보다 가치 있게 만들어준
다." 1848년 6월 9일.

　　우리는 육체에 내려온 정신이라는 걸 에머슨은 확신했다. 우
리 각자가 지극히 중요하고 '무한한' 존재라는 것도 확신했다.
그리고 그가 거듭해서 보여주듯 이러한 확신은 우리를 정지 상
태가 아닌 행위로 이끌고, 우유부단한 인간이 도덕적 인간으

로 탄생할 수 있게 해준다. 인간들의 세상에 참여하지 않는 '이상에의 귀속'은 여우와 꽃의 일이지 인간의 일이 아니다. 그건 에머슨 자신에게도 힘들었다. 그는 외적으로는 차분하고 이성적이고 인내심이 많았다. 그의 야성은 머리에만 있었다. 야성이 자리하기에 너무도 좋은 장소에! 그는 인간의 생각은 고요한 정신에서 가장 왕성하게 자랄 수 있지만 반드시 세상에 참여해야 하며 결코 변하거나 쇠퇴해선 안 된다고 확신했다. 나로 말할 것 같으면 에머슨의 부재로 인해 문학적, 사색적 삶뿐만 아니라 감정적, 공명적 삶에 있어서도 궁핍해짐을 느낄 이유가 100가지는 되지만, 세상의 찬란하고 위태로운 현재에 생각의 문을 여는 것보다 더 위대한 일은 없다. 나는 가치 있는 일을 시작할 때마다 에머슨을 생각한다. 하지만 내가 수준 이하의 상태에 있을 때도 그는 내 곁에서 자애롭고 다정하면서도 단호하게 나를 바로잡아준다. 그는 어느 작가 못지않게 내게 심오한 가르침을 주고 있으며, 우리가 맺을 결실은 예측 가능하다.

이 글의 마지막은 그의 글로 장식하고 싶다. 그는 일기에 이렇게 썼다.

나는 식물의 법칙처럼 도덕의 법칙을 확신한다. 나는 17년 동안 해마다 6월이면 내 땅에 옥수수를 심으며 거기서 스트리크닌마전이라는 식물의 나무껍질과 씨에서 얻는 독이 나진 않는다는 걸 안다. 나의 파슬리, 비트, 순무, 당근, 갈매나무, 밤나무, 상

수리나무도 마찬가지다. 나는 정의는 정의를 낳고 부정은 부정을 낳는다는 걸 믿는다.

호손의 『낡은 목사관의 이끼』

　　너새니얼 호손이 『낡은 목사관의 이끼Mosses from an Old Manse』에 실을 단편들을 모으기 시작했을 때 그는 매사추세츠 콩코드에 살고 있었고 책의 첫머리에 묘사된 그런 집에서 기거하고 있었다. 랠프 월도 에머슨의 할아버지 윌리엄 에머슨 목사가 지은 튼튼한 집이었다. 몇 해 전 에머슨이 그 집에서 살았고 그곳에서(호손이 소개한 바로 그 방이었을 가능성이 높다*) 첫 작품 『자연』을 완성했다. 그런 영광된 집(혹은 방)은 쉽게 찾을 수 없으며 영원히 찾지 못할 수도 있다.

　　호손은 에머슨 목사의 집에서 1842년 여름부터 1845년 가을까지 살았다. 그는 단편 「낡은 목사관The Old Manse」에서 이 집이 준 기쁨에 대해 이야기하는데 (엄숙한 인물이라는 인상을 남겼고, 이웃에겐 말수 적은 사람으로 기억되었으며, 작가로서도 인간 정신의 어두운 면을 묘사하는 능력이 탁월한 것으로

---

*에머슨은 자신의 집필실이 2층 북서향 방이었다고 했다. 호손 역시 "과수원이 내려다보이는" 북서쪽 방이라고 말했다.

알려진 그였기에) 그건 작은 일이 아니다. 그는 아내 소피아가 안락하게 새로 단장한 집필실에 매료된 것이 분명하다.

처음 그 방을 봤을 때는 벽들이 무수한 세월의 연기로 검게 그을어 있었고 사방에 걸린 청교도 목사들의 섬뜩한 초상화들 때문에 더 어두워 보였다. 그 훌륭한 인물들은 악한 천사들처럼 기묘하게 보였는데, 악마와 끊임없는 싸움을 벌이다 보니 악마의 시커멓고 험악한 얼굴을 닮기라도 한 듯했다. 그 사진들은 이제 모두 사라졌다. 밝은 페인트를 칠하고 금빛이 도는 벽지를 발라서 작은 방이 한결 환해졌고, 처마 아래로 늘어진 버드나무 그림자가 유쾌한 서쪽 햇살을 조절해주었다.

—「낡은 목사관」에서

호손은 「낡은 목사관」이 난산 끝에 힘들게 탄생했다고 말한다. 나머지 작품들은 이미 다 준비된 상태에서 이 섬세하고 부드러운 문장들, 자신의 집으로 초대하고 마음을 여는 글이 완성될 때까지 출간이 미루어졌다. 이 단편은 실다. 심오하거나 신비하거나 주제 같은 걸 담고 있진 않지만 작가를 잘 드러낸 작품이다. 여간해서는 자신을 내보이지 않는 호손을 만날 수 있다. 『주홍 글씨』와 『일곱 박공의 집』을—그 그림자들, 죄, 도덕적 응보, 엄숙함, 의미를 생각해보라. 그 음산한 작품들은 호손이 기쁨을 느낄 줄 알고 빈둥거리기도 하고 따뜻한 마음을 지녔으며 주위의 자연계와 친구들, 심지어 낡은 목사관의 유령들에게까지 열정을 보일 수 있는 인물이란 걸 상상도 할 수 없게 한다. 그는 낡은 목사관의 유령에 대해 정직하고 유머러스한 태도로 이렇게 묘사한다.

> 뉴잉글랜드의 오래된 집들은 예외 없이 귀신이 붙어 있어서 굳이 그 사실에 대해 암시할 필요조차 없을 정도다. 우리 집 유령은 응접실 한 구석에 자리를 잡고서 깊은 한숨을 쉬기도 하고, 가끔 2층 입구의 긴 통로에서 설교문이라도 넘기듯 바스락거리는 소리를 내기도 했다. 하지만 동쪽 창문으로 밝은 달빛이 쏟아져 들어와도 유령의 모습은 보이지 않았다. 어쩌면 그는 내가 다락방의 궤짝에 가득 들어 있는 원고들을 편집해서 설교집을 출간해주기를 바랐는지도 모른다.
>
> ─「낡은 목사관」에서

호손은 1804년 7월 4일, 매사추세츠의 오랜 항구도시 세일럼에서 태어났다. 그에겐 누이 둘이 있었고 어머니는 엘리자베스 클라크 매닝, 아버지는 선장 너새니얼 해손*이었다. 해손 선장은 어린 자식들을 두고 머나먼 타지에서 이름 모를 열병으로 세상을 하직했다. 남은 가족은 가난을 견뎌야 했고 아무도(특히 너새니얼의 어머니는) 그런 상실의 고통을 이겨낼 힘이 없었다. 독실한 신앙과 정신적 우울은 꼭 붙어 다녀야 하는 건 아니지만 해손 가족에겐 그 두 가지가 떼려야 뗄 수 없는 관계였던 듯하다.

너새니얼은 신체적으로는 활동적이고 대단한 미남이기도 했지만 수줍음이 많고 아마도 고독했을 것이며 사실 그럴 만도 했다. 그는 1825년에 메인 주 보든대학을 졸업하고 세일럼으로 돌아왔다. 세일럼 주민들은 그가 늦은 오후에 고독한 방랑자의 모습으로 거리와 바닷가를 배회하는 걸 자주 목격했다. 그는 견실한 인물로 기록될 수도 있었다. 10여 년간 어머니 집에서 살며 글을 썼으니까. 그때 완성된 단편들은 나중에 불태워졌고 하나뿐인 장편은 문학계에서 전혀 반응을 얻지 못했다. 그러다 세일럼의 피바디 자매들을 만났고 그중 소피아와 사랑에 빠졌다. 그리고 5년 후인 1842년에 그녀와 결혼했다. 호손이 친구에게 쓴 편지에 의하면 그들은 "우스꽝스러울" 정도로 행복했다.

❧

---

* 호손은 나중에 Hathorne에 w를 추가하여 Hawthorne으로 성을 바꾼다.

하지만 그런 행복은 작품을 쓰거나 파는 데 도움이 되지 못한다. 그는 가장 널리 알려진 소설들을 출간한 후에야 재정 상태가 얼마간 나아졌다. 그래도 그는 세일럼 세관에서 검사관으로 일했고 영국 영사라는 더 높은 직책을 맡기도 했는데, 다름아닌 경제적인 안정을 위해서였다. 그가 결혼 후 바로 얻은 세 자녀를 포함한 가족들을 부양하는 데 어려움을 겪었음을 짐작할 수 있다. 그는 작품들을 출간했지만 작가로서의 '명성'은 황금은커녕 은의 가치도 없었다. 원고료는 보잘것없었고 호손의 편지에서 알 수 있듯이 그저 헛된 꿈에 지나지 않을 때도 많았다.

이런 영광되지도, 그렇다고 굴욕스러울 것도 없는 지극히 현실적인 이유로, 호손은 『낡은 목사관의 이끼』에 담을 단편들을 모을 때 느긋하게 작품을 고르거나 무작정 기다릴 형편이 못 되었다. 그는 1845년에 출간 제의를 받고 책을 내기로 했다. 그는 낡은 목사관의 집필실에서 많은 작품들을 써냈고 『낡은 목사관의 이끼』에 담긴 단편 대부분이 그 시기(1842년 여름부터 1845년 가을까지)에 탄생했다. 그가 출간 제의를 받고 나서 쓴 작품은 처음을 장식한 「낡은 목사관」 하나뿐이다. 그는 기존에 써놓은 작품들을(물론 다는 아니지만) 활용하여 책의 분량을 채웠다. 그 결과 무척 다양한 스타일의 작품들이 담긴 단편집이 탄생했다.

『낡은 목사관의 이끼』에는 어둡고 상념에 잠긴 이야기들, 장난스럽고 유머러스한 소품들, 이상하리만큼 우화적 성향이 강한 작품들, 그리고 작가 자신의 경험이나 의견, 회고에서 기원한 글들도 담겨 있다. 그의 가장 뛰어난 단편들(이를테면「반점」「젊은 굿맨 브라운」「라파치니의 딸」「미를 추구하는 예술가」를 들 수 있다) 사이에 환희의 플루트 곡 혹은 찬양의 트라이앵글 소리라고 할 수 있는「포기한 작품에서 가져온 글Passages from a Relinquished Work」「추억 스케치Sketches from Memory」「꽃봉오리들과 새소리들Buds and Bird Voices」「늙은 사과장수The Old Apple Dealer」, 그리고 왕성한 명상의 기록「불의 숭배Fire Worship」가 끼어 있다. 이 단편집에 대해 독자들은 이런 회의적인 시선을 보낼 수 있다. 여기 선택된 작품들은 보이지 않는 자석이나 이념으로 묶여 있지도 않은데 어떻게 책이 될 수 있을까? 단순히 작품들을 모아놓는다고 책이 될 수 있는 건 아니지 않은가. 반면에, 규칙에 얽매이지 않는 독자들은 이렇게 감탄할 것이다. 아, 이 다양성, 이 풍부함!

✔

호손은 악과 그 부하들이라고 할 수 있는 무기력, 의심, 절망, 지독한 야심 등 양심이 성취한 것을 파괴하는 모든 형태의 인간적 나약함과 허영에 관한 최고의 상상가 중 한 사람이다. 그의 주요 주제는 악의 다양한 얼굴들을 드러내는 것이다. 호손은 세일럼의 전통에 깊이 뿌리를 내리고 있었다. 어머니의 집만 거기 있었던 게 아니라 그의 고조부 윌리엄 해손은 세일럼의 거리에서 앤 콜먼과 네 명의 퀘이커 교도들에게 매질을 하도록 명령했고, 증조부 존 해손은 세일럼의 치안판사로서 마녀들을 재판했다. 이러한 역사의 검은 그림자는 19세기에까지 닿아 너새니얼 호손에게 영향을 미쳤다. 그의 선조들이 삶 속에서 실천했던 청교도적 전통은 그에게 숙고와 연구의 대상이 되었다.

거기서 나온 소설이 『주홍 글씨』와 『일곱 박공의 집』이다. 그의 가장 널리 알려진 단편이라고 할 수 있는 격동적인 「젊은 굿맨 브라운」 역시 그 역사의 무시무시한 장막에서 나왔다. 이 작품에서는 영혼이 정확히 어느 지점에서, 어떻게, 왜 함락되는지 밝혀내기 위해 그 역사의 그림자를 집어넣는다. 젊은 굿맨 브라운은 모종의 볼일을 보러 숲으로 떠난다. 우리는 그게 어떤 여행인지 알지 못하지만 그가 그동안 믿었던 사람들과 사물들이 거짓으로 밝혀지기 시작하면서 비참한 불안감에 시달리는 걸 느낀다. 존재를 뒤흔드는 불안감. 「젊은 굿맨 브라운」은 숲속을 날아다니는 '마녀들'이나 뱀처럼 몸을 뒤트는 지팡이 같은 실제 혼란에 관한 이야기가 아니라, 끔찍한 일들을 상상하고 그것들에 반응하여 정신의 타락과 환멸에 이르는 인간의 마음에 관한 이야기다. 굿맨 브라운의 정신적 실패의 공포가 이 작품의 주제라면 '악마적' 연출은 라이트모티프_{작품에 반복해서 나타나는 주제적 요소}라고 볼 수 있다. 호손은 굿맨 브라운의 운명에 대해 아무런 동정도 표하지 않는다. 이 작품은 정신의 파산 선고 역할만을 한다.

「반점」에서는 우리가 경탄의 대상으로 삼을 만한 것(과학과 그것의 힘에 대한 욕망)이 왜곡되면서(인간적인 따스함으로 순화되지 못하면서) 악이 된다. 그런 악은 「라파치니의 딸」에서 똑같이(더 지독하진 않더라도) 나타난다. 「로저 맬빈의 매장」에서는 한 선량한 남자가 한순간의 기만으로 평생 고통 속에서 살게 된다. 그는 진실을 말하지 않고 자신이 하기를 바랐지만 결국 하지 못한 행동을 한 것처럼 꾸며댄다. 그리고 그 응보는 무자비하다. 이런 작품들이 호손의 가장 뛰어난 단편들이며 가혹하고, 무자비하고, 무섭도록 확신에 차 있다는 점에서 청교도적이라고 할 수 있다. 하지만 호손의 확신은 종교적 범위 안의 청교도 정신에서 나온 것이 아니라 양심에 따른 도덕적 행위를 선이나 악의 창조자로 보는 휴머니즘에 의거한 것이다. 이렇듯 자신에게 계승된 청교도적 전통을 완전히 개조함으로써 호손은 시대를 초월하여 인간적이고 유연하고 현대적인 모습으로 살아 있다.

하지만 그런 진지함에서 벗어나고 싶은 독자라면 호손이 전혀 다른 목소리로 들려주는 환상적인 이야기들이 반가울 것이다. 그 대여섯 개의 이야기에 등장하는 비현실적인 풍경에서 하늘은 문자 그대로 경계선이다. 거기서는 창백한 구름 위를 걸어 환상적인 대리석 궁전 혹은 세상에 존재할 것 같지 않은 거대한 성으로 들어가거나 하늘 기차를 타고 천국 문턱까지 갈 수 있다. 이 이야기들은 진지하지만 음산하진 않다. 이 작품들은 우화일 수도 있으나 너무도 호감 가는 방식으로 전개되어 현학적인 평가에 대한 부담감이나 상처 없이 인간의 나약함과 부조리함을 바라볼 수 있게 해준다. 이중 가장 성공한 작품은 아름다운 「므슈 뒤 미루아르Monsieur du Miroir, 프랑스어로 '거울 씨氏'라는 뜻」라고 할 수 있다. 「므슈 뒤 미루아르」에서 호손은 물이나 거울이 있는 곳이면 어디든 자신을 따라 다니는 남자에 대해 반짝이는 유머로 멋지게 묘사하고 있다.

이 특이한 인물의 가장 두드러진 특징 가운데 하나는 물을 좋아한다는 것이다. 그 점에서는 어떤 금주가도 그를 능가할 수 없고 (…) 근처에 깨끗한 목욕 장소가 없으면 이 멍청한 친구는 말 연못말에게 물을 먹이거나 말을 씻기는 연못에라도 들어간다. 그는 가끔 마을 공동우물 물통에서도 목욕을 한다. 사람들이 어떻게 생각하는지 따윈 안중에도 없다. 나는 폭우가 내린 후 진흙탕 길을 조심조심 걷다가 므슈 뒤 미루아르를 발견하고 놀라 자빠질 뻔한 게 한두 번이 아니다. 그가 옷을 다 입은 채로 물웅덩이마다 뛰어들어 물장구를 치고 있었던 것이다. 그리고 우물을 들여다볼 때마다 이 우스꽝스러운 남자가 우물 안에 들어앉아 있는 걸 발견하곤 했다. 그는 긴 망원경을 보듯 위를 올려다봤는데 대낮에 별이라도 관찰하는 것 같았다. 인적 없는 오솔길이나 길도 없는 숲을 배회하다가

샘을 발견하고, 내가 첫 발견자이리라 생각하고 흐뭇해서 들여다봤다가 므슈 뒤 미루아르가 먼저 와 있어서 깜짝 놀라기도 했다. 그의 존재로 고독이 더 깊어지는 듯했다.

—「므슈 뒤 미루아르」에서

호손을 이해하기 위해선 그 가볍고 사랑스러운 목소리에 대해 더 이야기해야 한다. 그의 이야기들이 잠시 숨을 돌리고 살아 있을 수 있는 건 그런 감미로운 글로 가상의 배경을 만들어내는 능력 덕이 크기 때문이다. 그런 글에서는 이야기의 진전이 약하거나 뻔할 때가 많고 인물들의 묘사도 충분치 못하다. 하지만 배경은 세세한 내용까지 깊고 풍부하게 묘사된다. 헨리 제임스는 호손에 대해 이렇게 말했다. "그는 그 어느 것도 함축적이기엔 너무 하찮다고 여기지 않는다."* 이런 양식은 호손이나 19세기의 전유물이 아니다. 포의 일부 작품들도 이렇게 그늘지고 경치와 배경으로 장식되어 있으며, 이러한 묘사가 이야기 전개 못지않은 비중을 지닌다. 「고자질하는 심장」과 「검은 고양이」 그리고 「저승과 진자」가 거기 속한다. 헤밍웨이의 「두 개의

---

* 존 몰리가 펴낸 『영국의 문인들English Men of Letters』(뉴욕 하퍼 앤 브라더스, 1887년)에서 인용. 호손에 관한 긴 글은 당시 헨리 제임스 주니어로 알려졌던 헨리 제임스가 쓴 것이다.

심장을 가진 큰 강」도 그런 예다. 한 남자가 낚시를 가는 단순한 이야기지만 배경을 이루는 잎사귀 하나, 잔물결 하나가 작품의 의미, 무게, 사실성에 보탬이 된다. 우리 시대엔 더 복잡한 플롯(혹은 플롯들)이 전개되고 배경은 대부분 독자들의 상상력에 맡기는, 더 활기찬 형태의 작품들이 주를 이루고 있다. 물론 그런 다름은 플러스도 마이너스도 아니며 독자들이 고전이라는 매력적인 산을 오르기 시작할 때 수용해야 할 차이점 중 하나일 뿐이다.

✔

호손은 1853년 영국에 영사로 파견되었고 임기가 끝난 후 2년간 유럽 대륙을 여행하고 잠시 이탈리아에 체류했다. 그는 아내 소피아, 자녀들과 함께 1860년에 뉴잉글랜드로 돌아와 콩코드의 웨이사이드로 알려진 집에서 살았다. 그때쯤 그는 장편소설 네 권과 많은 단편집을 낸 작가였다. 작가로서 확고한 명성을 얻고 많은 독자들을 거느렸으며 문학계에서 당대 최고의 작가 중 한 사람으로 인정받았다. 그는 새 장편소설 두 편을 구상하고 집필에 들어갔다.

하지만 운명은 다른 계획을 갖고 있었다. 튼튼하고 정력적이고 늘 건강하기만 한 것처럼 보였던 그가 점점 쇠약해지기 시작했다. 도대체 어디가 잘못된 건지 아무도 알 수 없었지만 문제가 생긴 건 확실했다. 그는 머리가 하얗게 세고 기력이 쇠하고 정신도 약해졌다. 그러다 쉰아홉 살에 건강을 되찾으러 뉴햄프셔에 갔다가 세상을 하직하고 말았다. 그의 시신은 콩코드의 초록 풀이 우거진 슬리피 할로우 묘지로 옮겨졌다. 그곳엔 그를 아는 많은 이들이 와서 기다리고 있었는데 소로도 그들 중 하나였다. 호손의 아들 줄리언은 장례식이 끝난 후 어머니와 함께 슬리피 할로우 묘지 문을 지나던 때를 이렇게 회고한다. "길 양쪽에 머리가 희끗희끗한 조문객들이 시선을 떨구고 서 있었다."* 그 조문객들은 롱펠로, 홈스, 에머슨, 프랭클린 피어스**, 휘티어, 로웰이었다.

❧

아마도 콩코드에서 보낸 시절은 호손의 인생에서 가장 행복한 시기였을 것이다. 거기서 그는 글도 잘 썼고, 과묵한 성격에도 불구하고 콩코드의 명사들과 교류하는 걸 좋아했다. 그중한 친구가 엘러리 채닝이었고 채닝은 아무 때나 호손이 사는

---

*에디스 가리게스 호손이 펴낸 『줄리언 호손의 회고록The Memoirs of Julian Haw-thorne』(뉴욕 맥밀런 출판사, 1938년) 158~159쪽.
**너새니얼 호손과 프랭클린 피어스(미국 대통령, 1853년에서 1857년까지 재임)는 보든대학 재학 시절에 만나 평생 우정을 나눴다.

낡은 목사관으로 찾아가서 함께 산책을 나가곤 했다.

　　우리는 성가신 형식과 틀에 박힌 습관에서 벗어나 야외로 나가서 눈부신 반원의 태양이 비치는 동안 인디언이나 다른 덜 관습적인 종족처럼 지내곤 했는데, 그건 기묘하고 행복한 체험이었다. 우리는 넓은 목초지들 사이에서 물살을 거슬러 노를 저어 아사베스 강으로 돌아 들어갔다. 콩코드 강과 합류하는 지점에서 1마일 상류에 있는, 아사베스보다 더 아름다운 강은 지상에서 흐른 적이 없다. 시인의 상상력 안에서만 흐르는 강이니까.

—「낡은 목사관」에서

　호손보다 더 섬세한 표현력을 지닌 작가는 없다. 그의 기교에는 지성의 가벼운 요소에 속하는 사려 깊음이라는 매력이 들어 있다. 또한 그는 도덕적 목적의 엄숙함도 지니고 있다. 우리는 그의 확고함에서 「미를 추구하는 예술가」의 오언 워랜드를 발견한다. 미의 수수께끼를 푸는 게 아니라 미의 정신적 요건에 헌신하는 처절한 노력을 기울일 때만 살아 있음을 느끼는 예술가.

　호손이 자신의 사려 깊고, 쾌활하고, 편안한 삶의 모습을 보여준 작품은 『낡은 목사관의 이끼』뿐이라고 할 수 있다. 오직 이 작품에서만 우리는 악의 실체를 파헤치는 이야기와 더불어

위트와 환한 햇살이 가득한 이야기들을 만날 수 있다. 시인의
리듬은 갖지 못한 호손이 철저히 시인의 기교로 써낸 이야기들.

『일곱 박공의 집』*

　　위대한 옛 소설들은 해가 갈수록 고풍스러워지긴 하지만 그렇다고 그 탁월함이 빛을 잃어가는 건 아니다. 너새니얼 호손의 『일곱 박공의 집』에 등장하는 인물들은 우리와 소소하게 다른 점들이 있다. 옷차림도 다르고, 점잔 빼는 면도 있고, 대화도 좀 딱딱하다. 우리는 처음엔 **그들**에 대해 읽는다. 그건 **그들**의 이야기다. 하지만 결국 세상엔 몇 가지 이야기들밖에 없다. 사악함에 대한 이야기, 선에 대한 이야기, 사랑에 대한 이야기, 시간에 대한 이야기. 마법은 이야기하는 방식에 있다. 우리가 상상력을 통해 이야기를 체험할 수 있도록 해주는 건 바로 표현력이니까. 그리고 그건 분명 모든 훌륭한 책들의 특별한 능력이다. 오래도록 퇴색되지 않게 채색된 장면과 순간들이(호손의 표현을 빌리자면 "상상화들이") 다시금 먼 풍경들의 기쁨

---

*이 장章의 에세이 세 편은 모두 모던 라이브러리 클래식 시리즈 서문에 싣기 위해 쓴 것이다. 이 세 번째 에세이에 호손의 이력과 삶에 대한 내용이 중복되어 있는 것에 대해 독자 여러분의 너그러운 이해를 구한다. 그 부분은 간략하며, 이 에세이가 별도의 작품에 실린 서문이다 보니 꼭 필요하다.

과 고통을 전한다. 현 세기가 반짝거리는 새것이긴 하지만 우리는 무례한 호기심으로 옛 책들을 대해선 안 된다. 그 책들에 등장하는 인물들이 비록 우리와 표면적인 차이점은 있지만 기이하거나 우리와 다르지 않고 **바로** 우리라는 자세를 지녀야 한다. 진정한 즐거움을 주는 이야기들은 거기서 그치지 않는다. 그 하나하나의 이야기들은 옛 희망과 명확성, 열정과 일탈, 자비와 심판을 나타내기에(문학은 숨김이 아니라 나타냄이니까) 공동 서술의 일부이기도 하다.

그리고 물론 실제 글쓰기 자체도 있다. 글의 스타일은 시대마다 특징이 있다. 우리 시대의 책들은 날아가는 자세를 좋아한다. 상세함보다는 활기와 함축으로 이루어진 글들이 많다. 『일곱 박공의 집』은 19세기 중간인 1851년에 출간되었다. 그 시기의 책들은 대부분 서두름 없이 천천히 이야기를 전개하며, 『일곱 박공의 집』도 확실히 그렇다. 호손의 가장 정적인 (그러나 경이롭고 시적이며 깊은 울림을 지닌) 장면들에는 보통 우리가 사건을 서술할 때 사용하는 것보다 더 많은 단어들이 들어 있다. 그리고 그런 장면들은 호손이 당대의 가장 매력적인 산문가 중 하나였음을 나타낸다. 그것들은 거의 그림에 가까우며 끈기와 예리함을 지닌 독자들을 위해 씌었다. 그 거대한 검은 집처럼 천천히 의미를 드러낸다. 그리하여 시간이 흐르고 빛이 바뀌는 동안 독자는 아주 느린 템포의 공감 속에서 글을 읽게 된다.

그 낡은 집은 습한 동풍 속에서 이끼가 끼고 꽃들까지 핀 거친 지붕을 이고 이야기 한복판에 서 있다. 이제 그 집의 임무는 그저 견뎌내고, 과거에 권력과 긍지의 거처가 되어줬던 것처럼 현재의 가난과 우울을 지켜주는 것뿐이다. 에드거 앨런 포의 「어셔 가의 몰락」에 등장하는 결코 잊을 수 없는 우울한 저택처럼, 이곳도 안에 품은 삶의 상징이다. "그 유서 깊은 저택의 모습은 늘 사람의 얼굴처럼 내 마음을 움직인다." 호손의 이야기 도입부에서 화자가 한 말이다. 포의 이야기 시작도 이와 크게 다르지 않다. 거기서는 화자가 "그 집 자체를, 그리고 그 소유지의 단순한 풍경을—그 황량한 벽들을—공허한 눈 같은 창문들을—무성한 사초들을 (…) 극도의 우울을 안고 바라본다"라고 말한다. 그리고 그 "극도의 우울"로부터 떨어지는 나락은 포의 이야기들에 계속해서 등장하는 주제다. 그의 작품에 나오는 등장인물들은 정신의 동굴로, 그 놀랍고 섬뜩한 복잡성과 비정상성 속으로 뛰어든다. 호손도 유사한 우울에서 출발하지만 다른 방향성을 지닌다. 호손의 주제는 영혼 그 자체가 아니라 영혼과 그 형제영혼들, 자매영혼들이다. "공통의 궤도에서 벗어나거나 거기서 추방된 사람들은 설령 더 나은 곳에 와 있다고 해도 원래 자리로 돌아가기를 간절히 원한다. 그들은 산꼭대기에 있든 지하 감옥에 있든 외로움에 전율한다."

어셔 저택은 망각을 향해 무너지지만 일곱 박공의 집은 그대로 서 있다. 그곳의 거주자들이 작지만 중요한 저항의 몸짓을 하기 때문이다. 그들은 비정상적이기를 바라지 않는다. 세상으로 다시 들어가기를 갈망한다. 그들에겐 보통의 것이 가장 아름다운 빛 속에서 반짝이고 인간적 품위가 매우 중요하다. 그들은 자신들을 압박하는 사악함에 대항할 힘은 없지만 그것의 본질을 안다. 무엇이 존재해야 하고 무엇이 존재해선 안 되는지를 확실히 아는 과단성이 그들을 그토록 매력적으로 만들고 그들의 이야기가 시간을 초월한 타당성을 지닐 수 있도록 해준다. 도덕적 일탈은 호손의 중심 주제다. 선과 악, 사회와 개인 간의 긴장 관계는 그 중심에서 멀 수가 없다.『일곱 박공의 집』에서 호손의 주제는 권력의 부패와 거의 영원히 대물림되는 그것의 연속성이다. 이 작품은 또한 보상의 가능성과 불가능성에 대한 이야기이기도 하다. 따라서 과거에 저당 잡힌 미래에 대한 이야기라고 할 수 있다. 하지만 무엇보다도, 역사라는 공동의 불길에 갇힌 삶들에 관한 이야기다.

17세기라는 이례적이고 야만적인 시대에(정확히 1690년) 뉴잉글랜드(정확히 매사추세츠 세일럼) 청교도 사회는 억제 불가능해 보이는 히스테리에 사로잡혀 '피의 사냥'을 벌인다. 그들은 주민들 중에 특정한 남자들과 여자들을 '색발하여' 마녀재판을 열고 사형선고를 내린다. 그 공포의 기간 동안 19명의 남자들과 여자들이 교수형을 당한다. 스무 번째 남자는 고문 중에 목숨을 잃는데, 세일럼 마녀사냥을 바탕으로 한 아서 밀러의 희곡『시련』에서 그 장면은 쉽게 잊을 수가 없다.

마녀사냥의 희생자들은 교수형을 당한 뒤 갤로스 힐Gallows Hill, 교수대 언덕 주위의 돌 땅에 묻힌다. 그들은 모두 자신의 결백을 주장했고 분노를 표출하기도 했다. 세라 굿은 죽기 전에 판사들 중 하나에게 이런 저주를 보냈다고 한다. "신께서 당신에게 피를 마시게 할 거야." 그 자리에는 존 해손이라는 이름의 판사도 있었다.

호손의 이야기에는 그 마녀재판 판사들 중 한 사람의 후손이 등장하는데, 그 역시 막강한 권력을 지닌 무자비한 판사다. 우리는 역사의 긴 그림자를 느끼게 되며 그건 분명하고 중요한 사실이다. 책 속의 등장인물들은 살아 있든 죽었든 진짜 사람이 아니며 사건들은 있는 그대로 서술되지 않는다. 호손의 말대로 서술은 "혼합"이다. 이 작품의 경우엔 신랄함과 정신적 짐의 기묘한 혼합이었을 것이다. 세일럼 재판에 참여한 존 해손은 작가 너새니얼 호손의 고조부였으니까.

세일럼 마녀사냥 사건 후 150년이 흐른 매사추세츠 콩코드에서 소로는 독립적이고 확신에 차 있었고, 에머슨은 탁월하고 불가사의했다. 호손은 침울했다. 그는 따뜻한 우정이 넘치는 콩코드의 문인들 사이에서도 늘 겉도는 듯했다. 그의 아들 줄리언은 소로와 함께 숲과 들판을 배회한 이야기들을 쓰면서도 아버지에 대해 이렇게 회고했다. "아버진 술을 마시지 않았고 담배도 즐기지 않았다. 대체로 참여하는 것보단 구경하는 걸 더 좋아했고 침묵에 재능이 있었다." 에머슨과 호손은 서로에게 정중했고 에머슨은 호손이 아내 소피아 피바디와 함께 콩코드의 낡은 목사관으로 들어갈 때 다른 친구들과 함께 돕기도 했지만, 두 사람의 관계는 깊고 영속적이지 못했다. 두 사람의 일기를 보면 그런 소원함의 증거를 찾을 수 있다. 그건 분명 그들의 남다른 감성 때문이었겠지만 생각과 일의 차이도 무관하진 않았다. 어쨌거나 호손은 고독에 침잠하는 인물이었고, 대학 때 사귄 친구들과 아내 소피아와의 관계를 제외하면 사람들과 깊은 교류가 없었다.

그의 인생 이야기를 살펴봐도 그가 사색에 잠긴 고독한 사람이었다는 인상은 그대로 남는다. 그는 1804년 7월 4일 매사추세츠 세일럼에서 태어났다. 선장이었던 그의 아버지 너새니얼 해손은 그가 어린 나이일 때 집에서 지구 반 바퀴는 떨어진 타지에서 세상을 떠났다. 그는 보든대학에 다닐 때를 제외하곤 인생의 초년기 전체를 세일럼 집에서 어머니와 두 누이와 함께 보냈으며, 당시에 그의 가족들이 즐겁게 살았는지는 모르겠지만 그런 이야기는 전혀 전해지지 않았다. 그의 어머니는 관습에 따라 죽는 날까지 검은 옷을 입었고 식사도 혼자 방에서 했다. 호손에겐 삼촌들과 다른 친척이 있었고 그도 다른 소년들처럼 스포츠와 학교 활동에 참여했다. 그러나 늘 자신의 집으로 돌아왔고, 보든대학을 졸업한 후에는 10여 년이나 방에 틀어박혀 책을 읽거나 글을 쓰며 살았다. 그러다 저녁이면 홀로 긴 산책을 나갔다. 그는 자신의 집을 "우울의 성"이라고 불렀다. 그리고 친구에게 보내는 편지에 이렇게 쓰기도 했다. "지난 10년 간 난 진짜 산 게 아니라 삶의 꿈을 꾼 것뿐이지."

그는 단편들과 장편『팬쇼Fanshawe』를 발표했지만 세상의 관심을 끌지 못했다. 그러던 어느 날 더할 수 없이 멋지고 달콤한 행운이 찾아왔다. 누이들이 이웃 피바디 자매들을 소개해준 것이다. 호손은 세 명의 피바디 자매들 중 소피아와 사랑에 빠졌고, 5년 뒤 결혼했다. 소피아 피바디는 "세상의 왕이자 시인"과 결혼하는 것에 대한 행복감을 숨기지 않았다.

호손이 보든대학에서 사귄 친구들 중에는 후에 미국 대통령이 된 프랭클린 피어스가 있었다. 호손은 피어스와 가장 깊은 우정을 나눴는데 그 우정은 호손에게 은총이자 저주라고 할 수 있었다. 대통령 선거에 출마한 피어스는 호손에게 선거용 자서전을 써달라고 부탁했고, 호손은 그 부탁을 들어주었다. 그는 피어스의 견해를 우호적 관점에서 조명할 수밖에 없었고, 거기엔 노예제도에 대한 지지도 포함되었다. 그런 글은 노예제 폐지를 주장하는 콩코드 문인들과의 관계에 도움이 될 수 없었다.

호손이 피어스와의 우정으로 덕을 보았는지 아니면 해를 입었는지에 대한 질문에는 대답이 불가능하지만 그에 관한 의문이 남는 건 사실이다. 피어스는 대통령에 당선되자 호손에게 영국 리버풀에 미국 영사로 갈 것을 제안했다. 영사는 바쁘고 중요한 직책이었다. 이때쯤 호손은 가장 유명한 장편소설 두 편 『주홍 글씨』(1850)와 『일곱 박공의 집』(1851)뿐 아니라 『기적의 책』(1851), 『블라이드데일 로맨스』(1852), 『눈 이미지 및 다른 두 번 들은 이야기들The Snow Image, and Other Twicw-Told Tales』(1852), 『탱글우드 이야기Tanglewood Tales』(1853)까지 발표한 상태였다. 작가로서 확고한 명성을 쌓아가던 시기라 집필을 중단하기엔 위험했다. 그러나 한편으론 자기 가족(이제 어린 자녀들 셋까지 더해진)에게 처음으로 경제적 안정과 안락함을 줄 수 있는 기회였다. 호손은 영사직을 수락하고 1853년부터 1858년까지 5년 동안 영사로 활동했다. 이 기간 동안 글은 거의 쓰지 못했다.

새 대통령이 당선되면서 호손은 영사직에서 물러났다. 그의 가족은 미국으로 돌아오기 전에 유럽에서 2년을 더 머물렀는 데 주로 이탈리아에서 생활했다. 그러나 작가 호손의 활력은 회복이 불가능한 듯했다. 그는 장편 『대리석 목양신』(1860)을 완성했다. 그리고 마지막 두 작품 『셉티미어스 펠튼Septimius Felton』과 『돌리버 로맨스The Dolliver Romance』 집필에 들어갔지만 결국 완성하지 못했다.

호손은 황혼기에 있었다. 그는 건강이 쇠약해졌지만 의사 만나는 걸 꺼려하는 성격이라 진단을 받으려 하지 않았다. 보다 못한 소피아가 친구이자 의사인 올리버 웬델 홈스에게 남편의 상태를 물었다. 홈스는 소피아에게 확실한 대답은 안 해주고 이렇게만 말했다. "상어 이빨에 물렸어요." 봄에 호손은 전직 대통령 피어스와 함께 뉴잉글랜드 일주 여행에 나섰다. 호손의 건강을 회복시켜보려고 피어스가 계획한 여행이었다. 하지만 호손은 여행 중에 피어스와 묵었던 뉴햄프셔 플리머스 호텔에서 자다가 세상을 하직하고 말았다. 1864년 5월 19일의 일이다. 그때 호손은 쉰아홉 살이었다.

『일곱 박공의 집』에서 호손은 역사 속 청교도의 광기를 허구적으로 바꾸어 소개한다. 그건 먼 과거의 일이지만 꼭 필요한 이야기다. 어느 마을에서 매슈 몰이라는 사람이 마녀사냥에 몰려 교수형을 당한다. 그를 고소한 핀천 대령은 몰의 2, 3에이커 정도 되는 땅을 탐냈던 인물로, 몰이 죽은 후 그 땅을 차지한다. 그 거친 땅을 토대 삼아 냉혈한 핀천은 자신의 집을 짓고, 호손은 음울한 이야기를 시작한다.

마녀사냥의 광기가 주는 공포와 더불어 독자들이 결코 놓칠 수 없는 것이 한 가지 있으니, 바로 망치를 두드려 일곱 박공을 만들면서 생겨난 도덕적 타락의 암시다. 호손이 말하고자 하는 건 단순하지만, 인간의 마음처럼 심오하다. 도덕적 타락의 영향은 권력과 부를 가진 사람들의 모든 유형의 축적물과 함께 대를 이어 전해지며, 그건 끔찍한 유산이다. 매슈 몰의 땅에 핀천 대령의 집이 지어진 후, 늘 물맛이 달던 그곳의 샘이 이상하게 변한다. 그런 변화는 자연에 의한 것이 아니라 그곳에서 벌어진 사악한 일 때문이다. 몰의 죽음 이후로 "그 샘에서 갈증을 해결한 사람들은 배탈이 난다."

그건 극적인 요소다. 이 소설의 사건들에는 많은 극적 요소들이 존재한다. 등장인물들도 가끔 우화를 읽는 듯한 착각을 일으킬 정도로 극적이다. 이 로맨스에서는 인간의 악과 덕이 오랜 기간에 걸쳐 싸움을 벌인다. 『천로역정』영국 작가 존 버니언의 종교적 우화이 호손이 즐겨 읽던 책 중 하나였다는 건 놀라운 일이 아니다.

헵지바 핀천은 꼿꼿함과 충실함의 전형이라 우리에게 그런 속성으로만 남을 수도 있지만, 호손의 정교하고 명시적인 묘사 덕에 우리는 그녀의 확고한 삶을 보고 느낄 수 있다. 미스 헵지바 핀천은 "시간이 검게 물들인 어둑어둑한 복도로 들어선다. 키가 크고 허리는 길고 잘록한 그녀는 검정 실크 옷을 입고 근시처럼 더듬거리며 계단을 향해 나아간다. 사실 그녀는 근시다." 가련하고 예민한 백발의 클리퍼드 핀천, 삶을 약탈당하고 속삭이는 소리밖에 내지 못하는 그는 느닷없는 흥분으로 우리를 놀라게 한다. 아래에 모여 있는 사람들에게 가려고 창문에서 뛰어내리는가 하면(그건 위험할 뿐만 아니라 상징적인 행동이기도 하다), 온 집안을 초조하게 만들며 이렇게 외치기도 한다. "난 행복하고 싶어! (…) 나는 행복하고 싶어!" 그건 모든 사람들의 자연스러운 욕망이지만 불가능한 욕망이기도 하다.

젊은 피비는 기민하고 유쾌하다. 그녀는 이상하거나 별난 것과는 거리가 멀다. 오직 그녀만이 과거의 지배를 받지 않는다.

"피비, 그리고 찻주전자 물을 끓이는 불은 똑같이 밝고 쾌활하며 각자의 일에서 유능하다." 호손의 평가다. 그녀는 과거에서 해방된 미래, 혹은 그 가능성이다. 홀그레이브 역시 미래다. 그는 끈기와 재주가 있다. 그는 현대적인 인물로서 실제적인 지식이 풍부하다. 『일곱 박공의 집』에 자연 그 자체는 없다. 다듬어지지 않은 원상태의 자연은 이야기 전개에서 중요한 자리를 차지하지 못한다. 이 책은 철저히 인간에 관한 이야기다. 홀그레이브는 저택 뒤편의 방치된 정원을 다시 가꾸는 데 열성을 쏟는다. 그는 사진도 찍는데, 사진 작업에는 햇빛만이 아니라 그의 기술도 필수적이고 결정적인 요소로 작용한다.

핀천 대령의 후손인 핀천 판사는 우리의 예상대로 좋은 집에서 잘 입고 잘 먹고 아부도 잘한다. 그는 점잔 빼며 걸어 다니고, 땀을 흘리거나 지난 수년간 다른 인생들에 파멸을 퍼뜨려온 비밀을 가슴에 안고 마을을 돌아다닐 때 번쩍거리는 빛을 발한다. 호손은 거듭해서 그를 "냉혈한"이라고 묘사한다.

결국 핀천 판사는 저주받은 낡은 저택으로 돌아오게 된다. 절정은 극의 한 부분을 이루고 호손의 궁극적인 암시(도덕적 과오는 징벌을 통해 다스려지며 그 지독한 대가의 잿더미에서 미래가 과거를 떨치고 일어날 수 있다는)에 꼭 필요하니까. 도덕적 과오나 상처 없이 앞으로 나아갈 수 있는 자유, 그 자유가 바로 『일곱 박공의 집』이 추구하는 것이다. 그리고 그 자유는 인간적으로 가능한 범위 내에서 시간과 용기, 위대한 죽음의 요정의

도움으로 얻을 수 있다. 핀천 판사가 집으로 돌아올 때 우리는 어떤 끔찍한 것이 마침내 땅에 묻히게 되리라 직감한다.

『일곱 박공의 집』은 도덕적인 이야기이며 누구나 알다시피 도덕적 이야기는 지루한 경향이 있다. 경건함은 좋은 양념이 되지 못한다. 하지만 호손은 헵지바와 클리퍼드라는 인물을 창조할 때 너무도 기이하고 지쳐 있지만 그럼에도 너무도 굳건한 모습을 부여하여, 우리가 감히 그들의 기이함을 조롱하면서 그들의 품위를 모욕하지 못하도록 한다. 또한 핀천 판사의 경우에도 그의 허영심, 번영과 더불어 그가 조상으로부터 물려받은 불운, 그리고 그 불운의 연속성에 대해서도 고려하게 한다. 그는 부와 권력을 쥐고 있지만 고차원의 세계에서는(모든 위대한 책들이 그런 세계에 대해 다루고 있다) 가족으로부터, 우정으로부터, 사랑으로부터, 진정한 노동으로부터, 삶을 원만하고 빛나게 만들어주는 모든 것들로부터 추방되어 떨고 있는 부랑자일 뿐이다. 온종일 돈과 만찬, 악의와 자만에 대해 생각한다고 상상해보라! "도덕적 삶을 살지 않았다면 그건 삶이란 걸 살지 않은 것이다." 호손의 옛 친구 에머슨이 한 말이다. 호손도 분명 그 말에 동의했을 것이다. 그리하여 우리는 핀천 판사를 단지 사악하기만 한 인물이 아니라 측은하고 결핍되고 진정으로 살아 있지 못한 존재로 보게 된다. 그리고 고통에 시달리는 헵지바와 클리퍼드의 경우에도 그들 본연의 모습을 알게 된다. 그들은 사막을 건넜다. 극에 이르렀다. 그들은 달로 날아갔다! 그들은 도덕적이다. 그들은 영웅적이다.

이 책의 끝에 되돌아감이나 되돌림은 없다. 그저 해결과 해방이 있을 뿐이다. 결국 얻는 건 하나의 선물—젊음과 사랑, 희망과 명예로 새롭게 시작할 기회다. 그 이상의 것을 원하는 독자들도 있다. 하지만 악은 다른 모든 것들과 마찬가지로 지워질 수 없는 과거형을 갖고 있다. 우리는 보지만 핀천 판사는 보지 못하는 사악함은 단순히 하나의 행위가 아니라 다른 삶들에 대한 강탈이다.『일곱 박공의 집』은 본질적으로 도덕적 질서의 달콤한 맛과 그것이 결여된 신맛(끔찍하고 오래가는 쓴맛)에 대한 이야기다.

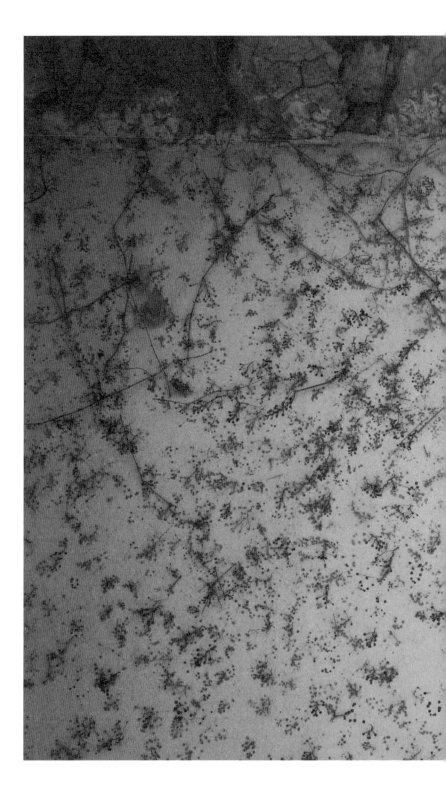

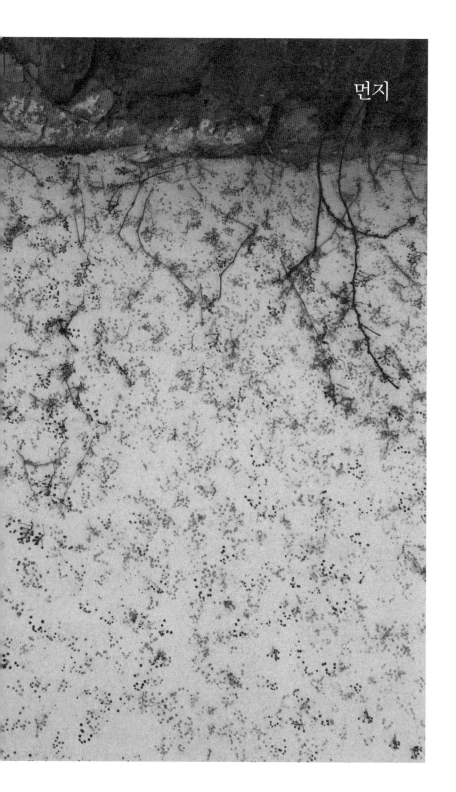

먼지

괜찮아?

작은 거미 한 마리가 문 열쇠구멍으로 기어 들어왔어. 난 거미를 조심스럽게 창문에 올려놓고 나뭇잎을 조금 줬어. 그녀가(만일 암놈이라면) 거기서 바람의 그리 부드럽지 않은 말을 듣고, 남은 생을 계획할 수 있도록.

거미는 오랫동안 움직임이 없었어. 밤에 어떤 모험을 걸었는지는 모르겠지만. 낮에도 움직일 수가 없었는지, 아니면 무슨 일이 일어나기를 기다리고 있었던 건지, 아니면 그저 잠든 것이었는지, 모르겠어.

이윽고 거미는 작은 병 모양이 되더니, 방충망에 위아래로 줄 몇 가닥을 만들었어. 그리고 어느 날 아침, 떠나버렸어.

무덥고 먼지 낀 세상이었어. 희미한 빛이 비치는, 그리고 위험한. 한번은 작은 깡충거미가 현관 난간 위를 기어가다가, 내 손에 들어와, 뒷다리로 서서, 더할 수 없이 아름다운 초록 눈으로, 내 얼굴을 빤히 보았어. 너는 그게 아니라고 하겠지만 진짜로 그랬어. 따뜻한 여름날이었어. 요트 몇 척이 항구 주변을 미끄러지듯 나아가고 항구는 뻗어나가 대양이 되지. 세상의 끝이 어디인지 누가 알 수 있겠어. 열쇠구멍의 작은 거미야, 행운을 빈다. 살 수 있을 때까지 오래 살아라.

여리디여린 아침

여리디여린 아침이여, 안녕.
오늘 넌 내 가슴에
무얼 해줄까?
그리고 내 가슴은 얼마나 많은 꿀을 견디고
무너질까?

이건 사소하거나 아무것도 아닌 일 : 달팽이 한 마리가
격자 모양 잎들을
푸른 나팔 모양 꽃들을 기어오른다.

분명 온 세상 시계들은
요란하게 똑딱거리고 있을 거다.
나는 그 소리를 듣지 못한다. 달팽이는
창백한 뿔을 뻗어 이리저리 흔들며
손가락만 한 몸으로 느릿느릿 나아간다
점액의 은빛 길을 남기며.

오, 여리디여린 아침이여, 내 어찌 이걸 깰까?

내 어찌 달팽이를, 꽃들을 떠날까?

내 어찌 다시 내성적이고 야심 찬 삶을 이어갈까?

먼지

1

M은 모든 걸 간직하려 든다. 봉투 하나도 개인의 이름, 주소(손으로 쓴 것이면 더욱더), 우체국 소인, 우표가 있는 것이면 꼭 간직한다. 빈 봉투라도 말이다. M에겐 봉투가 비었다고 해서 쓸모가 없어지는 게 아니다. 물론 그 안에 뭐가(편지! 아, 행운이라도 따른다면 사진!) 들어 있다면 더 좋겠지만 그런 보물과 기쁨이 없어도 봉투는 소중히 간직해야 할 수수께끼의 일부다. 봉투 안에 뭐가 들었었고, 누구에게 무슨 이유로 보내온 것이며, 그게 무슨 의미가 있었을지에 대한 수수께끼. M은 탐정인 동시에 수호자다. 그녀는 이제는 사라진 모든 이야기들을 안다. 바람에, 세월에, 무심함에 흩어져버린 이야기들. 버려진 책상의 뒤쪽 칸막이나 없어진 협회 서류철, 먼 도시들에서 여름에 중고 가정용품 세일에 나왔다가 결국 1달러에 혹은 노래 한 곡에 팔려 누군가의 차에 실려서 떠나간, 아니면 그 길고 따뜻한 하루가 다 가도록 안 팔려서 도로 계단으로 끌려 올라가 다음을 기약하며 낡은 헛간 처마 밑에 던져진, 축 늘어진 갈색 상자 속에 묻혀버린 이야기들. M은 그 이야기들에 무관심할 수

가 없다. 편지뿐만 아니라 물건에 대해서도 마찬가지다. 헌 옷들, 모자들, 변색된 자국이 줄무늬처럼 이어진 거울들, 너무 낡고 건조해서 기를 쓰고 습기를 빨아들여 다시 바싹 마르긴 했지만 잔뜩 부풀어서 영원히 닫히지 않는 책들. 시폰, 레이스, 멍든 벨벳. 옆에 작은 단추들이 줄지어 달린 신발. 이름을 댈 수 없는 얼굴들이 내다보고 있는 사진들.(그 얼굴들이 하는 말을 절대로, 다시는 들을 수 없는.)

2

겨울 아침, 나는 5시나 그 전에 계단을 내려온다. 하늘은 검지만 오래가진 않는다. 나는 커피를 끓이고 창문마다 다니며 블라인드를 올리고 밖을 내다본다. 분홍, 귤색, 라벤더색 빛이 동쪽 수평선을 따라 돌진하다가 안개처럼 하늘로 기어올라 어둠의 안쪽 모퉁이에서 바르르 몸을 떤다. 우주의 은밀한 곳! 색깔들이 물속으로 흘러들고 모든 것이 푸르게 변한다. 미국오리들이 바위들 근처에서 첨벙거린다. 겨울이 된 지금까지도 많은 오리들이 다정히 짝을 이루고 있다. 흑기러기 떼가 지나간다. 우아한 작은 기러기들. 빛이 점점 더 강해지고 하얘진다. 태양이 주저하다가 물 위로 솟아오르면서 분홍빛과 붉은빛이 희미해진다. 갈매기들이 이미 공중에 있다.

봄에도 이 해돋이는 계속될 것이다. 정원의 푸른 붓꽃과 당

아욱 너머로. 깔깔대는 갈매기들이 봄의 검은 얼굴을 하고 집 옆을 날아갈 것이다. 개꿩들이 얕은 물에서 먹이를 쪼아 먹을 것이다. 4월이면 가끔 혹등고래들이 거대한 몸을 뒤채며 항구로 헤엄쳐 들어온다. 돌고래들도 파도 사이로 뛰어오르며 들어온다.

바다검둥오리들이 집 가까이까지 온다. 참솜깃오리와 눈빛이 온순한 바다꿩들도. 어느 아침, 아비새 한 마리가 우리 집 바로 앞에 나타난다. 녀석은 작은 어뢰처럼 맑은 물을 가르며 돌진한다.

여름이면 제비갈매기들과 작은제비갈매기들이 오후에 먹이를 찾아 모여 연신 물속으로 다이빙, 다이빙, 다이빙한다. 물에서 올라올 때 두 날개가 흰 꽃잎 같다. 새는 상승의 리듬을 깨며 날개를 빠르게 한 번 흔들어 물을 털어낸다.

물론 폭풍도 찾아온다. 집 전체가 흔들리고 파도가 테라스까지 밀려들고 바람이 휘몰아치면, 바다의 편이 되는 게 좋다. 안 그러면 두려워지니까.

늦여름이 되면 작은 돔발상어 한두 마리가 종종 우리 가까이로 헤엄쳐 온다. 백조 한 쌍이 온 적도 있다.

여름이 지나가고 긴 가을, 그리고 겨울이 다시 우리 곁을 찾아오면 잠시 우리 것이 된 이 낡고 기울어진 바닷가 집에서 우리의 일을 하면서 깊고 느린 숨을 쉰다.

3

25년 만에 처음으로 침대 옆에 작은 발판이 없다. 그걸 밟다가 발가락이 부러지곤 했는데. 작은 개들이, 처음엔 재스퍼가, 그 다음엔 베어가 떠났다. 상실은 정리하는 역할을 한다. 있던 게 없어지는 거니까. 먹이고, 산책시키고, 목욕시키고, 안아줄 대상이 하나 없어지는 것이다. 소중히 여기고, 걱정하고, 동정하고, 위안을 얻을 지각력 있는 생물체가 하나 없어지는 것이다. 마지막으로 우리 곁을 떠난 베어는 어디 있을까? 우리는 흰 구름을 유심히 본다. 조만간 저 하늘에서 무심하고 평온하게 흘러가는 베어를 보게 될 것이다. 전능의 신들은 떠도는 먼지로 얼마나 풍요롭고 화려한 세상을 창조했는가! 비단 같은 흑기러기, 시폰 스카프, 편지, 빈 봉투, 미국오리, 낡은 신발, 떠나간, 떠나가버린 조그만 흰 개. 우리 삶의 모든 음악은 그것들 안에 있다. 신들은 행위하고, 우리는 그 행위의 목적은 알지 못하지만 이것만은 안다. 세상은 우리의 깊은 관심과 소중히 여김의 소용돌이와 회오리 없이는 만들어질 수 없다는 것. 하늘의 신도 그러하고 강의 신도 마찬가지다. 금칠한 대성당의 신뿐만 아니라 초록 들판(사람들이 무심코 걸음을 멈추고 서로 사진을 찍어주는, 개똥지빠귀들이 어둠 속에서 노래하는, 작은 개들이 짖어대며 깡충거리다가 귀를 뒤로 젖히고 우리를 향해 기쁘게 달려오는)의 신도 마찬가지다.

가자미, 일곱*

세상에 시작하고 전진하는 능력을 갖추지 못한 연필은 없어. 우선 많이 쓰는 게 최선이야.

꒦

어조가 틀리면 아무것도 맞는 게 없어.

꒦

마음의 무기력함은 글의 무기력함이 되지.

꒦

태양도 작업 스케줄이 있어. 눈도, 새들도, 초록 잎사귀도. 너도 그래야 하지 않을까?

꒦

문장이 아무리 교묘해도 화를 숨길 수는 없어.

꒦

---

*「가자미」 연작시 첫 여섯 편은 앞서 출간된 『긴 호흡』 『서쪽 바람』 『휘파람 부는 사람』에 실렸다. 가자미는 작고, 가시가 많고, 그리 중요하진 않지만 조화로운 물고기다.

어떤 글은 한옆으로 제쳐놓고 잊어야 해. 어쩌면 거기 소금과 후추를 더 쳐야 할 수도 있어. 아니면, 소금과 후추를 빼야 할 수도 있지.

❧

말이 너무 많으면, 바른 말이라도, 시를 죽일 수 있어.

❧

가끔 너는, 다른 무엇과도 다른, 달콤하고 전기가 통하는 듯한 창작의 나른함을 느낄 거야.

❧

하지만 가끔은 예상했던 결과에 이르지 못한 실패를 견뎌야 해.

❧

시는 바늘처럼 단순하든, 물레고둥 껍데기처럼 화려하든, 백합 얼굴 같든, 상관없어. 시는 말들의 의식儀式, 하나의 이야기, 기도, 초대, 아무런 현실감 없이 독자에게 흘러가서 마음을 흔드는, 진짜 반응을 일으키는 말들의 흐름.

무엇보다도, 일단 써봐. 노래해. 피가 혈관을 흐르는
것처럼.

아침 산책

감사를 뜻하는 말들은 많다.

그저 속삭일 수밖에 없는 말들.

아니면 노래할 수밖에 없는 말들.

딱새는 울음으로 감사를 전한다.

뱀은 뱅글뱅글 돌고

비버는 연못 위에서

꼬리를 친다.

솔숲의 사슴은 발을 구른다.

황금방울새는 눈부시게 빛나며 날아오른다.

사람은, 가끔, 말러의 곡을 흥얼거린다.

아니면 떡갈나무 고목을 끌어안는다.

아니면 예쁜 연필과 공책을 꺼내

감동의 말들, 키스의 말들을 적는다.

가자미, 여덟

날이 선, 반짝반짝 빛나는 십 대, 자물쇠 채워진 시간. 단단한 이십 대. 느슨해지는 삼십 대. 초조한 사십 대. 가끔은 희망과 약속의 시간이 있는, 버팀의 오십 대. 지금은, 육십 대.

✦

그리고 난 단순하고 헌신적이고 싶다, 떡갈나무처럼.

✦

그리고 솔직히 말해서, 가끔은 개처럼 짖고, 들종다리처럼 휘파람 불고, 작은 밴조처럼, 여름 연못의 개구리처럼 노래하고 싶다.

✦

M이 잠결에 말했다. "돈money이 더 있었으면 좋겠어." 아니, "꿀honey이 더 있었으면 좋겠어"라고 했나?

✦

개미들이 달콤함을 향해 몰려든다. 나는 멜론을 치우며 카운터에 멜론 즙을 조금 흘린다.

✦

글쓰기는 그저 글쓰기일 뿐. 용기와 다정함은 글로 평가될 수 없다.

↘

길에서 폴짝폴짝 뛰어가는 메뚜기에게 말했다―넌 네가 하는 일을 참 잘하는구나!

↘

나는 늑대거북만큼 얼굴이 험상궂은 동물을 본 적이 없지만, 녀석도 태양의 따사로움을 즐기는 듯했다. 집고 양이만큼이나 오롯이.

↘

나는 평생 두 번(한 번이 아니고) 아메리카원앙이 어린 새끼들을 나무 둥지에서 불러 내리는새끼 아메리카원앙은 알에서 부화한 나음 날부터 나무 둥지에서 아래로 떠어내려 헤엄도 치고 스스로 먹이를 구한다 소리를 들었다. 신은 아낌없이 베푸신다.

↘

생쥐 귀 뒤의 털을 만지면 너무도 부드러워서 손가락

이 황홀해진다.

❧

　멀리서 시계탑이 울리며 짧은 소식을 전하면—나도 모르게 아, 3시구나 생각하며, 정신 한두 알갱이가 죽는 걸 느꼈다.

❧

　오늘 나는 개똥지빠귀가 나무 그림자들 속에서 하프를 연주하듯 노래하는 걸 보았다.

❧

　온종일 러스킨의 시처럼 지내면 어떨까? 작은 쉼표 다리들이 놓인 샛강처럼 구불구불 흐르며.

위안

　밤중에 잠이 깨어 빗소리를 들었다. 당분간은 잠을 이루지 못할 것이기에 침대에 누워 온 마음으로 빗소리에 귀 기울였다. 왜냐하면—우리에게 비가 내리는 건 중요한 일이 아닐까? 우리의 창조성으로 이루어진 극장 전체에서, 그 다섯 대륙을 통틀어서, 이 야생 세계의 장치만큼 경이로운 게 있을까? 하늘에서 떨어지는 물! 밀과 백합이 자라거나 자라지 못하는 건 비에 달려 있다. 그 해에 비가 넉넉히 내리면 가을에 나무들은 고운 단풍 빛깔로 우리를 눈멀게 한다. 비의 양에 따라 연못도 신선해지거나 물이 말라 늪지로, 심지어 사막으로 변하거나 한다.

　나는 마음 깊이, 그러면서도 즐겁게 귀 기울였다. 비는 찾아오는 장소에 따라 다른 목소리를 내기 때문이다. 이곳 항구에, 넘실대는 모래언덕에, 소귀나무에 내리는 빗소리는 저지대의 더 풍성한 빗소리나 심지어 옥수수밭의 빗소리와도 다르다. 나는 여러 해 동안 빗속을 걸으며 이 좁은 곳의 빗소리를 뼛속 깊이 기억해두었다. 어디서든 어둠 속에 누워 빗소리를 들으면 내가 집에 있는지 다른 데 있는지 알 수 있다. 밤에 걸으면서도 리틀시스터 연못의 윤기 나는 어깨에 떨어지는 빗소린지, 더 길게 뻗은 해치스 항구에 음산하고 활기차게 내리는 빗소린지 알 수 있다.

그런 때 나는 그 **물의 몸체**들을 생각하며 마음의 방랑을 떠난다. 나는 기쁨과 생산적인 찬미로 나를 가득 채웠던 사건, 시간, 생물체 들을 100가지쯤 댈 수 있다. 체험! 체험! 비, 나무들, 그런 모든 것들과의 체험은 내게 위안과 겸허함, 세상의 모든 산에 묻힌 모든 금과도 바꿀 수 없는 일체감을 가져다주었다. 나는 처음엔 단순한 기쁨만을 느끼다가 생각을 하고 신념을 갖게 되었다. 세상이 제공하는 그런 아름다움에는 위대한 의미가 있으리란 신념. 그리하여 나는 세상이 사실적일 뿐 아니라 상징적이기도 하다고 여기기 시작했다. 그리고 밀과 백합이 자라는 것처럼 확실하게, 세상은 우리에게 고결한 꿈을 준다는 걸 깨달았다.

나는 날마다 그런 생각을 한다. 참을성 있는 초록 얼굴을 가진 거북을 만날 때마다. 매가 날아가며 내는 금속성 울음소리를 들을 때마다. 연못에서 노는 수달들을 지켜볼 때마다. 나는 피와 뼈로 이루어진 존재지만 특별한 체험과 생각에 의한 신념들의 집합체이기도 하다. 그리고 그 신념들을 빚어내는 건 세상에서의 시간(거칠든 온화하든 충분히 친밀하고, 시적이고, 꿈같고, 단호하고, 사납고, 애정 깊고, 삶을 빚어내는)이다.

아침이 가까워지면서 빗줄기가 약해졌다. 나는 옷을 입고 서둘러 세상으로 나갔다.

가자미, 아홉

거위가 알을 다 낳았다. 그 어여쁜 열두 개의 알들, 늑대거북이 제 몫을 원한다.

올빼미는 온순하다, 배가 고파지기 전까지는.

하늘을 향해 뻗어 올라가는 고사리들의 목소리가, 나무들 사이로 달리는 작은 휘핏 사냥개들 같은 신선한 공기의 소리가 들려?

시도의 에너지는 정지의 안정성보다 위대하다.

책임감이 딱새를 길들였다.

모차르트는 폭우에 들어가기 전에는 사용할 시간이 없었던 모든 8분음표들을 굴뚝새에게 줬다.

바흐의 희미하게 빛나는 쾌활함 뒤에는 검은 줄이 하

나 매달려 있다.

올빼미 얼굴은 깃털 달린 접시 같다. 아니면 판사 같
거나.

황홀경보다 좋은 선물은 없다. 인내심 빼고는.

검은 떡갈나무의 근력, 침묵, 굵은 수관은 업신여길
수 없는 삶을 이룬다.

자연에서는 장식처럼 보이는 것도 모두 최고의 효용
성을 지닌다.

너 또한 네 헌신들에 의해 새로이 조각된다.

집

　나는 평생 내면의 가장 심오한 생각들과 감정들을 탐색하는 과정에서 빛나는 교감의 도움을 받아왔다. 그 교감은 바로 내 마음과 풍경(물질계, 그중에서도 특히 세월과 함께 내게 친숙해진 부분)의 관계다. 내 교감의 대상은 나이아가라나 열대우림, 사하라 같은 거창한 풍경이 아니다. 하지만 아름답고, 비바람이 칠 때면 오대호 못지않게 활발히 물결친다.

　이 풍경은 사소한 전환, 반짝이 장식, 일상적인 변화로 기쁨을 제공하는 데 전념하는 듯하며, 실제로 그렇다. 나는 그 **항상성**, 법칙들에 대한 준엄한 복종에서는 상상이란 걸 할 수 없고 이해는 더욱 불가능하지만, 그래도 그것은 더 귀중한 동반자다. 나의 경박함, 무관심, 정신과 마음의 부재 같은 못난 기분 상태를 끊임없이 지적해주니까.

　경박함이란 내 삶의 한가운데서 불만족을 느끼는 것으로, 나를 불안정하고 변덕스럽게, 꼬치꼬치 따지고 갈증 나게 만든다. 나는 그걸 집에 대한 갈망이라고 부르며 크게 틀린 말은 아니다. 아니면 이해를 대체할 수 있는 것에 대한 갈망이라고도 부를 수 있을 것이다. 다른 말로 표현하자면 신앙, 은총, 안식이다. 겉으로 보면 나는 습관을 거의 바꾸지 않고 산다. 내 친구들이 멀리서 나를 보고 이런 말을 하지 못할 날이 없다. "저기 올리버가 아직 잡초밭에 서 있군. 아직 공책에 뭔가를 끼적이고 있군." 하지만 속으로는 떨기도 하고 반짝이 장식처럼 빛나기도 한다. 나는 불안해하며 관념들에 대해 읽는다. 그러나 그것들은 그저 관념에 머문다. 정신적 완성에 이르기 위해 책을 던져버린 시인에 대해 읽는다. 그러나 나는 책들을 버리지 못한다. 나는 동요한다. 정신을 집중하고 조금 일어나 균형을 잡기까지 하지만, 도로 무너져버린다.

그러나 난 그런 실패에 절망하지 않는다! 나는 루미페르시아의 신비주의 시인이자 법학자나 성 프란체스코뿐만 아니라 작은 생각만 하는 꿈에 젖은 개, 어쩌면 아무 생각도 안 할 수도 있는 초록 나무와도 형제다. 그래, 난 아직 노력하고 있는 한 실패에 신경 쓰지 않는다.

그게 나고, 이런 식으로 산다. 나는 날마다 내 풍경 속을 걷는다. 늘 똑같은 들판, 숲, 창백한 해변. 늘 똑같은 푸른빛으로 즐겁게 넘실대는 바닷가에 선다. 늦은 여름 오후, 보이지 않는 바람이 거대하고 단단한 똬리를 틀고, 파도가 흰 깃털을 달고 해변을 향해 달려와 소리 지르며, 고동치며 마지막 상륙을 감행한다. 나는 그런 순간들을 기억도 할 수 없을 만큼 무수히 목격했다. 여름이 물러가고, 다음에 올 것이 오고, 다시 겨울이 되고, 그렇게 계절은 어김없이 되풀이된다. 풍요롭고 화려한 세상은 우주 안에서 그 뿌리, 그 축, 그 해저로 **조용히** 그리고 **확실히** 흔들리고 있으니까. 세상은 재밌고, 친근하고, 건강하고, 믿을 수 없을 정도로 상쾌하고, 사랑스럽다. 세상은 정신의 극장이다. 하나의 불가사의에 지극히 충실한 다양함이다.

그리고 나는 여기 단을 만들어놓고 그 위에서 살며 내 생각들을 생각하고 큰 뜻을 품는다. 일어서기 위해, 나는 그 위에서 일어설 들판이 필요하다. 깊어지기 위해, 그 아래로 내려갈 바닥이 필요하다. 물질세계가 그 초록과 파랑의 색조 아래 지니고 있는 항상성은 나를 더 훌륭하고 풍요로운 자아로 이끈다. 그걸 고양高揚이라고 부르자.(적절한 표현을 찾기가 어렵다.) 나는 조금 상승할 수도 있고, 세속적인 행위에 빛나는 정신이 반영될 수도 있다. 그건 온화한 선량함만을 의미하는 게 아니다. 혈기왕성함, 인간 에너지의 불이 지펴진 것도 해당한다. 세상의 슬픔들을 흩트려서 더 나은 것으로 만들 수 있을 만큼 활기찬 기쁨. 그리고 진정한 환희가 할 수 있는 것이면 무엇이든 다 해당한다! 새로운 이해에 이르는 것이 얼마나 멋지고 경이로운지 우리 모두 안다. 복종과 순수한 경이의 높은 바위턱 위에서 쉬는 기분이 어떨지 상상해보라. 우리를 둘러싼 자연은 우리의 분명한 본보기다. 우리는 여우나 잎사귀, 빗방울로부터 결코 의심이나 논쟁을 들을 수 없다.

사람들은 내게 묻는다. 요세미티에 가보고 싶지 않아? 펀디 만에는? 브룩스 산맥에는? 나는 미소 지으며 대답한다. "오, 그럼. 가끔은." 그러곤 나의 숲들로, 연못들로, 햇살 가득한 항구로 간다. 세계지도에서 파란 쉼표 하나에 불과하지만 내겐 모든 것의 상징이니까. 우리의 스승이 되어주는 건 우리에게 친숙한 것이지 일반적인 게 아니다. 사랑의 관념은 사랑이 아니다. 바다의 관념은 소금도, 모래도 아니다. 물개의 얼굴은 **관념**에서 솟아올라 우리를 바라보고 우리의 간담을 서늘하게 만드는 것이 아니다. 시간이 사건과 함께 풍성해지고 즐거워져야만, 비로소 생각이 시작될 수 있다.

소위 문명시대로 불리는 이 시대의 위험성 중 하나는 이 영혼과 풍경, 우리 자신의 최고 가능성들과 우리의 창으로 보이는 경치의 관계를 충분히 인식하고 소중히 하지 못하는 것이다. 세상이 우리를 필요로 하는 만큼 우리에게도 세상이 필요하다. 은밀히, 친밀하게, 확실히. 우리에겐 종달새가 날아오르는 들판이 필요하다. 우리에게 새는 단순한 새 이상의 존재, 우주의 목소리다. 신성한 기쁨으로 충만한 힘찬 목소리. 물질세계가 없다면 그런 희망은 산산조각 난다. 고갈된다. 야생의 세계가 없다면 그 어떤 물고기도 눈부신 빛을 발하며 물 위로 뛰어오를 수 없고, 그 어떤 사슴도 영원한 물처럼 부드러이 들판을 달릴 수 없다. 그 어떤 새도 날개를 펴고 자연의 계획까지도 넘어서는 자신감과 모험심과 용기를 품을 수 없다. 우리도 마찬가지다.

여름밤

밤은 너무도 길고, 그 페이지들은 너무도
천천히 넘어간다.
누가 그걸 읽을 수 있겠는가?
누가 그 마지막 챕터를, 후기를
짐작할 수 있겠는가?

달빛은 별개의 이야기, 대개 연인들의 이야기다.
별빛도 별개의 이야기, 우리가 안개 낀 하늘에 바라는
하늘의 이야기다.

그리고, 가끔, 작은 음악도 있다,
흉내지빠귀도 잠들지 못하는 듯.

밖으로 나가면
풀이나 비 냄새를 맡는다.
아니면 꿀주머니 냄새, 또 하나의 깨어 있는─

파란 붓꽃, 너무도 곧고, 너무도 달콤한 입술을 지닌.
어둠 속에 홀로 부드럽게 피어 있는.

뱀을 정원으로 옮기며

지하실에
내가 지금까지 본 것 중에서
제일 작은 뱀이 있었다.
뱀은 구석에서
똬리를 틀고
석탄에 박힌
두 개의 작은 별 같은
눈으로
나를 응시했고,
꼬리는
떨렸다.
내가 한 걸음
다가가자
뱀은 달아났다
풀린 신발끈처럼,
그러나 나는
손을 뻗어

뱀을 잡았다.

뱀의 공포가

안쓰러워

나는 황급히

계단을 올라가 부엌문으로 나갔다,

따스한 풀과

햇살과

정원으로.

뱀은 내 손에서

자꾸 돌고 돌았다,

하지만 땅에 내려놓자

움직이지 않았다.

나는 뱀이

스르르

내 다리를 기어올라

내 주머니로 들어가려나 보다

생각했다.

나는 뱀이
얼굴을 들었을 때, 한순간,
노래를 부르려나 보다
생각했다.

그리고 뱀은 가버렸다.

머리를 풀어헤친 옥수수밭 옆에서

나는 모른다
해바라기가
늘 천사인지
그러나 가끔 그런 건 확실하다.

그 누가, 제아무리 천상의 존재라도,
원하지 않겠는가
한동안
그런 씨앗 얼굴을 갖는 걸

주머니가 주렁주렁 달린
잎들의 옷을 입은
그 용감한 등뼈를 갖는 걸

여름날
쓸쓸한 시골의
뜨거운 들판에

머리를 풀어헤친 옥수수밭에
서 있는 걸

나는 그 정도는 안다
들판을 한가로이 거닐며
그 얼굴들의
빛나는 별들을 볼 때

나는 말도 부드러워지고
생각도 부드러워져서
상기한다
모든 것이 머지않아 다른 모든 것이 된다는 걸.

내가 사는 곳

　　때때로 땅은 휴식을 갈망하기 시작한다. 특히 가을이 되면 고요해지고 정지 상태에 이르려는 성향을 보인다. 바다는 따스함을 간직하고, 높은 하늘의 흰 구름배들은 서쪽으로부터 움직인다. 이제 숲속의 새들은 조용해질 때가 많지만, 철새 세가락도요들과 물떼새들이 많이 보이고, 시끄러운 제비갈매기 떼가 새로 태어난 새끼들을 데리고 밀물과 함께 들어와 파도 속으로 뛰어들기도 하고 부리에 은빛 잎사귀를 물고 날아오르기도 한다. 흰 깃털 옷을 입은 그 작고 힘찬 심장의 고동이 눈에 보이는 듯하다. 내가 사는 케이프코드 끄트머리 항구에서는 생면부지의 사람들이 해변을 거닐다가 돌아서서 멋쩍어하지도, 주저하지도 않고 이렇게 말한다. "정말 아름답지 않아요?"

　정말 그렇다. 눈길 닿는 곳마다 절경이다. 고속도로변 과꽃들과 미역취들이 천국의 빛을 받아 그 빛으로 스스로를 물들여 우리를 끝없이 이어진 장식 속에 머물게 한다. 첫 출하된 이스텀산産 순무는(아직 야구공 크기밖에 안 되지만 몇 주 지나면 더 커질 것이다) 꿀처럼 달다. 도로변 가판대에 쌓아놓은 순무들을 보라. 항구 쪽과 후안後岸의 파도는 봄과 여름엔 활기차지만 이젠 반쯤 잠든 듯한 모습으로 밀려든다. 숲에서는 여름내 빨강 옷 입고 있던 수사슴이 다가오는 겨울에 대비하여 더 따뜻한 갈색 옷으로 갈아입었다. 그 수사슴을 작년에도 보지 않았던가? 재작년에도? 갑자기 머리를 스치는 생각이 있다. 지금 그리고 여기는, 영원이고 모든 곳이기도 하다.

나는 먼 내륙에서 태어나고 자랐지만 그건 상관없다. 나는 1960년대에 처음 프로빈스타운을 보고 이곳의 주민이 되기로 결심하며 여기 아무리 오래 살아도 날마다 푸른 망망대해를 바라보게 될 거라고 생각했다. 이 도시에 온 지 벌써 43년이 되었다. 올해는 모든 도시들에게 힘겹고 고통스러운 해였다. 그래도 여전히 사과는 아삭아삭하고 단단하다. 내가 매일 아침 걷는 솔숲에는 버섯이 풍년이고 그 버섯들은 반짝이는 바늘 같은 소나무들 사이에 독창적으로 자리하고 있다. 나는 버섯을 따서 저장한다. 겨우내 우리의 식량이 될 것이다. 야생 크랜베리도 구불구불한 늪들에 지천으로 열려 반짝거린다. 케이프코드 위쪽은 들판들이 길고 넓고 새빨갛다. 크랜베리 재배는 중요한 사업이다. 크랜베리 수확에는 갈퀴, 물, 기계가 동원된다. 하지만 나의 작은 늪에서는 크랜베리를 천천히 손으로 수확한다. 오후의 빛 속에서 크랜베리를 따는 일이 얼마나 즐거운데 무엇 때문에 서두르겠는가? 몇 마리 새들이 아직 우리와 함께 남아 있다. 솜털딱따구리의 반짝이 끈 같은 깃털이 근처 떡갈나무에서 휘날리고, 기분 좋은 황금방울새들이 먼 하늘에서 노래한다. 나뭇가지 부러지는 소리에 천천히 고개를 들면 코요테의 회색 눈을 들여다보기 십상이다. 이 잎사귀 무성한 장소에서 나처럼 진지한 눈빛으로 자신의 생계 수단을 찾고 있는 코요테.

✔

H. V. 모턴영국 언론인이자 여행작가의 경이로운 글 중에 (정확한 표현은 기억이 안 나지만) 이런 내용이 있다. 풍경을, 그 장엄함과 평온함을 역사와 조화시키는 건 어려운, 아니 불가능한 일이라는. 모턴은 자연의 아름다움이 끊임없이 눈앞에 펼쳐지고 역사 또한 풍부한 이탈리아를 여행하는 중에 그런 글을 썼다. 하지만 그의 말은 어디서나 진실이고, 역사라곤 몇천 년밖에 안 된 육지 가장자리의 비단 술장식 같은 이곳도 예외는 아니다. 삶은 눈에 있는 것만큼 마음에도 있으며 따라서 슬픈 사건은 멀어진다고 해서 지워지는 게 아니니까. 하지만 나는 이곳이 다른 대부분의 장소보다 낫다고 생각한다. 이 곳, 특히 내가 사는 프로빈스타운 주민들은 인내심이 많고 변화에 개방적이다. 물론 과거에 대한 애착도 많고 오래된 건물을 허물거나 길을 새로 내거나 나무들을 잘라낼 때 분노의 목소리들이 터져 나오기도 하지만 결국 견해 차이를 충돌 없이 수용하고 앞으로 나

아가고자 하는 성향이 승리한다.

우리는 해마다 더 많은 사람들이 우리의 사적인 천국을 찾아오고 있다는 걸 안다. 하지만 다리를 폐쇄하자는 주장을 내놓은 사람은 아직 없었다. 그건 관광 수입만을 생각해서가 아니라 공정성 때문이기도 하다. 우리가 1년 내내 풍족히 누리는 것들을 잠시 동안만이라도 모든 사람들에게 개방해야 한다는 정신. 더욱이, 이곳의 자연이 지닌 아름다움은 관광객, 주민 할 것 없이 모든 사람들의 마음을 열어 미덕을 추구하게 해준다. 자연계는 늘 그런 불변의 암시력을 지니고 있으며 우리 모두에게 그걸 제공한다. 그래서 누구나 이곳에서 그걸 체험할 수 있다. 케이프코드의 예술, 역사, 상업, 좋은 음식, 즐거움과 열기, 떠들썩함을 체험할 수 있는 것처럼. 이곳엔 바다와 거친 모래언덕들이 있다. 시가지가 있고, 새소리 울리는 나의 작은 크랜베리 늪도 있다. 그리하여 더 많은 사람들을 수용하면서 한편으론 사람들이 이곳을 찾는 이유를 잘 보존하기 위한 노력이 계속되고 있다.

가을은 몇 주밖에 머물지 않는다. 화려한 색깔로 휴식을 취하다가, 도시 뒤쪽 연못들처럼 검어진다. 제비갈매기들이 떠난다. 흰 모자를 쓴 후안 파도들이 다시 꿈틀거리며 깨어나 더 춥고 힘든 시간이 다가오고 있음을 경고한다. 이제 레스토랑들은 시원한 디저트를 잊고 차우더생선, 조개, 채소 등으로 만든 걸쭉한 수프, 베이크드 빈스토마토소스와 흑설탕에 졸인 콩 요리, 핫 사이더과즙에 설탕을 넣어 끓인 따끈한 음료에 공을 들이기 시작한다. 얼마나 많은 사람들이 이곳에서, 드넓은 모래언덕과 늪지, 트루로의 언덕들, 반짝이는 바다에서 추억에 남을 체험을 하고 즐거운 시간을 보냈을까?

✔

어느 가을날, 나는 숲에 갔다가 집으로 돌아와 우편물을 가지러 시내로 차를 몰고 나간다. 시에서 나온 직원들이 주차금지 표지판들을 철거하고 있다. 낯익은 얼굴과 목소리들, 몇 사람은 내가 40년 전부터 알고 지낸 프로빈스타운 주민들의 아들들이다. 작업을 마친 트럭이 떠난다. 늦은 오후, 아직은 여리고 고요하기만 한 어둠의 기운이 허공에 감돈다. 우체국 계단을 내려오는데 거기까지도 모래가 날아와 발에 밟힌다. 무수한 상점 진열창들과 레스토랑 문들, 화분들, 100년 동안 변함이 없거나 새로 멋지게 단장한 집들을 지나 서쪽으로, 동쪽으로 길게 뻗은 거리가 잠시 텅 비어 있다.

여름 아침에 깨어나

물
돌의 단을 미끄러져 내려가네
10마일이나
말동무라곤 양치식물뿐

깊은 물속에
송어의 눈
돌 선반 아래서
움직이지 않네

영원히 아무도 물을 더럽히지 않겠지
양치식물들은 계속 잠을 자며 꿈을 꿀 테니
영원히 아무도 송어를 발견하지 못하셨시
천년 동안 송어는 거기 아른거리며 누워 있을 테니.

어느 겨울날

오늘 부빙들이 왔어. 밀물과 함께 위풍당당하게 다가 왔지. 서두름 없이, 그러나 예정된 것처럼. 물이 빠지자 부빙들은 하늘에서 떨어진 구름처럼 해변에 남았어. 사 내아이들이 부빙에 기어 올라갔어. 부빙이 흰 배라도 되 어 바다로 실어다 줄 수 있기라도 하듯. 갈매기들과 솜 털오리들도 부빙이 즐거움을 주기 위해 왔다고 느끼는 지 그 빛나는 봉우리에서 쉬었지. 아직 물속에 있는 부 빙들은 섬에 불과하지만 해변에 남겨진 것들은 거대한 몸집을 다 드러내어 조각품처럼 근사했어. 영감을 받아 만들어진 행운의 조각품. 갈라진 틈들이 푸르게 빛났 어. 그것들은 영혼들이었을 거야.

감사의 말

　　이 책의 일부 글은 아래 잡지나 책에 실린 적이 있다. 모든 편집자들에게 감사한다.

　「흐름」— 〈셰넌도어Shenandoah〉
　「개 이야기」— 〈세네카 리뷰Seneca Review〉
　「완벽한 날들」— 〈애팔래치아Appalachia〉
　「황무지 : 엘레지」— 〈오리온Orion〉

　「에머슨 : 서문」과 「호손의 『낡은 목사관의 이끼』」「『일곱 박공의 집』」은 랜덤하우스에서 출간한 모던 라이브러리 클래식 시리즈 서문으로 쓰였다. 이 세 권은 모두 출간되었다.

　「괜찮아?」— 〈파이브 포인츠Five Points〉
　「먼지」— 〈셰넌도어〉. 『미국 최고의 에세이들The Best American Essays』(2001년, 시리즈 편집자 로버트 애트원)에도 실림.
　「아침 산책」— 〈애팔래치아〉
　「위안」— 〈온어스Onearth〉
　「집」— 〈애퍼처Aperture〉

「내가 사는 곳」 — 〈보스턴 매거진Boston Magazine〉

「여름 아침에 깨어나」 — 〈온어스〉

「여리디여린 아침」 — 〈케이프 코드 보이스Cape Cod Voice〉

존재의 온전한 기쁨

메리 올리버는 어릴 적부터 읽고, 쓰고, 숲을 돌아다니는 걸 좋아했다. 숲을 거닐 때 제일 행복했고 세상에서 사라져 자연의 일부가 되는 느낌이었다. 그녀는 그런 체험들을 시로 옮겼으며 얼마나 많은 시들을 썼는지 "그걸 다 늘어놓으면 달까지 닿았다가 돌아올 정도"라고 회고한다.

늘 자연과 더불어 시를 쓰며 살고 싶었던 올리버는 1960년대에 예술가들의 낙원 프로빈스타운을 처음 보고 "그 땅과 물의 기묘한 만남, 지중해의 빛, 놀랍도록 작은 배로 억척스럽고 힘들게 일해서 먹고 사는 어부들, 많은 예술가들과 작가들"에 반해 평생의 동반자인 사진작가 몰리 멀론 쿡과 함께 그곳에 정착한다. 그리고 그곳에서 50여 년을 살며 날마다 숲과 바닷가, 들판에서 자연과 교감하고 그걸 시로 노래하는 한결같은 일과를 이어오고 있다. 올리버는 산책할 때 늘 공책을 지니고 다니며 시상이 떠오르면 그 자리에 멈춰 서서 공책에 적는다. 펜이 없어서 낭패를 보았던 적이 있어서 숲의 나무들에 펜을 숨겨놓기도 한다. 올리버는 그런 자신을 "리포터 시인"이라고 부른다. 언제 어디서나 음악에 가까운 언어로 자연의 소식을 전하는 일을 하니까.

『완벽한 날들』은 나무, 꽃, 새, 물고기 등 메리 올리버가 숲에서, 들판에서, 바닷가에서 만난 자연을 노래한 시들과 함께 그녀의 일상과 철학을 엿볼 수 있는 산문들을 담고 있다. 올리버가 서문에 썼듯이 그녀의 시들은 "무언가를 설명하려 애쓰지 않고 그저 책갈피에 앉아 숨만 쉬지만" 삶의 본질에 관한 직관적 깨달음을 이끌어내는 힘을 지녔다. 그리고 산문들은 여간해서는 자신을 드러내지 않고 은둔자처럼 사는 그녀의 단순하고 소박하지만 오롯이 시에 헌신하는 진정한 예술가의 삶을 보여준다.

그중에서도 독일의 신비주의 사상가 야콥 뵈메, 영국 낭만주의 시인 워즈워스, 미국의 초월주의자 에머슨에 관한 글은 직접적이고 영적인 직관과 통찰을 통해 궁극적 실재와 하나가 되고자 했던 신비주의, 직관과 상상력으로 자연에 깃든 절대적 진리를 전하는 것을 시인의 본분으로 삼았던 낭만주의, 신과 인간과 자연을 우주 영혼의 공유자로 보고 자신을 통해 흐르는 신성을 느끼기 위해 자연으로 눈을 돌렸던 초월주의가 올리버의 세계관과 시에 얼마나 지대한 영향을 끼쳤는지 알려준다. 또한 모던 라이브러리 클래식 시리즈에 실린 에머슨의 『자연』, 호손의 『낡은 목사관의 이끼』와 『일곱 박공의 집』 해설은 그 작가와 작품에 대한 이해에 유용할 것이다.

> 삶이 끝날 때
> 나는 말하고 싶다
> 평생 나는 경이와 결혼한 신부였노라고.
> 평생 나는 세상을 품에 안은 신랑이었노라고.

올리버의 시 「죽음이 찾아오면When Death Comes」의 한 구절이다. 그녀의 눈에 비친 세상은 아름답고 경이로우며 그녀의 시들은 사랑, 기쁨, 감사, 찬양으로 세상을 뜨겁게 포옹한다. 올리버가 미국에서 최고의 베스트셀러 시인이 된 건 문명의 온실 속에서 안락하게 살면서도 불행의 그늘에서 벗어나지 못하는 현대인들에게 존재의 온전한 기쁨을 누리며 사는 법을 알려주기 때문이 아닐까 한다.

메리 올리버는 소설가 김연수의 단편소설 「네가 누구든 얼마나 외롭든」에 시 「기러기Wild Geese」가 실려 국내에도 널리 알려졌지만 작품집이 정식으로 번역, 소개되긴 이 책이 처음이다.

우리는 힐링이 온 국민의 화두가 될 만큼 아픈 시대를 살고

있다. 이 작품집에 실린 올리버의 시와 산문이 우리 독자들의
마음을 치유의 손길로 어루만져주기를 기대한다.

2013년 2월

민승남

작가 연보

1935년 9월	미국 오하이오 메이플하이츠 출생
1955년	오하이오주립대학교 입학
1957년	뉴욕 바서대학교 입학
1962년	런던 모바일극장 입사(어린이들을 위한 유니콘극장에서 연극 집필)
1963년	첫 시집 『No Voyage and Other Poems』(Dent Press) 출간
1970년	셸리 기념상 수상
1972년	시집 『The River Styx, Ohio, and Other Poems』(Harcourt Brace) 출간
	미국국립예술기금위원회 펠로십 선정
1973년	앨리스 페이 디 카스타뇰라상 수상
1978년	시집 『The Night Traveler』(Bits Press) 출간
1979년	시집 『Twelve Moons』(Little, Brown) 출간
1980년	구겐하임재단 펠로십 선정
1980년, 1982년	클리블랜드 케이스웨스턴리저브대학교 매더 하우스 방문 교수
1983년	시집 『American Primitive』(Little, Brown) 출간
	미국문예아카데미 예술·문학상 수상
1984년	시집 『American Primitive』로 퓰리처상 수상
1986년	시집 『Dream Work』(Atlantic Monthly Press) 출간
	루이스버그 버크넬대학교 상주 시인

1990년	시집 『House of Light』(Beacon Press) 출간
1991년	시집 『House of Light』로 크리스토퍼상과 L. L. 윈십/펜 뉴잉 글랜드상 수상
1991~1995년	스위트브라이어대학교 마거릿 배니스터 상주 작가
1992년	시선집 『기러기New and Selected Poems I』(Beacon Press) 출간
	시선집 『기러기』(Beacon Press)로 전미도서상 수상
1994년	시집 『White Pine』(Harcourt Brace) 출간
	산문집 『A Poetry Handbook』(Harcourt Brace) 출간
1995년	산문집 『긴 호흡Blue Pastures』(Harcourt Brace) 출간
1996~2001년	베닝턴대학교 캐서린 오스굿 포스터 기념 교수
1997년	시집 『서쪽 바람West Wind』(Houghton Mifflin) 출간
1998년	산문집 『Rules for the Dance』(Houghton Mifflin) 출간
	래넌 문학상 수상
1999년	산문집 『휘파람 부는 사람Winter Hours』(Houghton Mifflin) 출간
	뉴잉글랜드 서적상인협회상 수상
2000년	시집 『The Leaf and the Cloud』(Da Capo) 출간
2002년	시집 『What Do We Know』(Da Capo) 출간
2003년	시집 『Owls and Other Fantasies』(Beacon Press) 출간
2004년	산문집 『완벽한 날들Long Life』(Da Capo) 출간
	시집 『Why I Wake Early』(Beacon Press) 출간

	산문집 『Blue Iris』(Beacon Press) 출간
	시선집 『Wild Geese』(Bloodaxe) 출간
2005년	오랜 동반자였던 몰리 멀론 쿡 타계
	시선집 『New and Selected Poems II』(Beacon Press) 출간
2006년	시집 『Thirst』(Beacon Press) 출간
2007년	산문집 『Our World』(Beacon Press) 출간
2008년	산문집 『The Truro Bear and Other Adventures』(Beacon Press) 출간
	시집 『Red Bird』(Beacon Press) 출간
2009년	시집 『세상을 받아들이는 방식Evidence』(Beacon Press) 출간
2010년	시집 『Swan』(Beacon Press) 출간
2012년	시집 『천 개의 아침A Thousand Mornings』(Penguin Press) 출간
	굿리즈 선정 베스트 시 부문 수상
2013년 시집	『개를 위한 노래Dog Songs』(Penguin Press) 출간
2014년 시집	『Blue Horses』(Penguin Press) 출간
2015년 시집	『Felicity』(Penguin Press) 출간
2016년 산문집	『Upstream』(Penguin Press) 출간
2017년 시선집	『Devotions』(Penguin Press) 출간
2019년 1월	플로리다 자택에서 림프종으로 타계

메리 올리버를 향한 찬사

메리 올리버는 능숙한 솜씨로 "미국 최고의 시인 중 한 사람"이라는 명성을 공고히 할, 숨이 멎을 만큼 경이로운 작품을 빚어냈다.

〈뉴욕 타임스 북 리뷰〉

헌신의 능력과 결합된 엄격한 정신, 정확하고 경제적이며 빛나는 문구를 찾으려는 갈망, 목격하고 나누고자 하는 소망.

〈시카고 트리뷴〉

올리버는 절묘하리만큼 명료한 산문을 써낸다. 자신을 가장 아낌없이 드러낸 이 산문들에서 그녀는 자기 시들의 원천인 믿음과 관찰, 영감에 대해 이야기한다. 본질적이고 눈부시다.

〈북리스트〉

올리버의 작품이 지닌 놀라운 점 가운데 하나는 그 긴 세월 동안 한결같은 목소리를 내고 있다는 것이다. 갈수록 더 자연에 초점을 맞추고 언어의 정교성이 높아진 결과, 올리버는 이 시대 최고의 시인으로 우뚝 섰다. 올리버의 시에선 불평이나 우는소리를 찾아볼 수 없다. 그렇다고 삶이 쉬운 것인 양 말하지도 않는다. 올리버의 시들은 기분 전환이 되어주기보다는 우리를 지탱해준다.

스티븐 도빈스 〈뉴욕 타임스 북 리뷰〉

1984년에 시 부문 퓰리처상을 수상한 메리 올리버는 자연 세계에 대한 기쁨 가득하고, 이해하기 쉽고, 친밀한 관찰로 나의 선택을 받았다. 그녀의 시 「기러기」는 너무도 유명해져서 이제 전국의 기숙사 방들을 장식하고 있다. 메리 올리버는 우리에게 '주목한다'는 심오한 행위, 세상 모든 것들의 가치를 알아보게끔 하는 살아 있는 경이를 가르쳐준다.

르네 로스 〈보스턴 글로브〉

초월주의자로 명성을 떨쳤던 헨리 데이비드 소로처럼 메리 올리버도 헌신과 실험 둘 다에 접한, 이른바 '자연이라는 교과서'에 주목한 자연주의자다. 그녀의 시들은 집처럼 편안한 언어로 유한한 삶의 신비에 대해 이야기한다. 유념하는 것은 올리버의 전문 분야, 보고 듣는 건 그녀의 과학적 방법이자 명상 수련인 듯하다.

스티븐 프로테로 〈서치〉

올리버의 삶의 가볍고 경쾌한 희열이, 문장들과 산문시들 사이에서 안개처럼 소용돌이친다.

〈로스앤젤레스 타임스〉

메리 올리버의 시는 지각과 느낌의 비옥한 땅에서 자라는 자연물로, 본능적인 언어의 기교로 인해 우리에게 쉽게 다가온다. 그녀의 시를 읽는 건 감각적 기쁨이다.

메이 스웬슨

메리 올리버의 시는 훌륭하고 심오하다. 축복처럼 읽힌다. 우리를 자연계에 존재하는 우리의 근원과 그 아름다움, 공포, 신비, 위안과 연결해주는 것이 올리버의 특별한 재능이다.

스탠리 쿠니츠

나는 올리버가 타협을 모르는 맹렬한 서정시인이라고, 늪지의 충신이라고 생각한다. 여기 우리가 간절히 원하는 목소리가 있다.

맥신 쿠민

메리 올리버는 워즈워스 그룹의 '자연' 시인이며 그 시의 목소리에선 흥분이 귀에 들릴 듯 생생하지만, 그녀의 자연 신비주의는 오히려 고요의 경지에 도달한 듯하다. 그것은 그녀의 이미지들 대부분에 영향을 미치는데 하나의 특성이라기보단 존재 자체로 의미를 갖는다.

팀 패프 〈베이 에어리어 리포터〉

메리 올리버는 가장 훌륭한 영미 시인들 가운데 하나다. 애벌레의 변태에 대해 묘사하든 새소리와의 신비한 교감에 대해 이야기하든 그녀는 거의 항상 놀랍도록 인상적이고 공명을 불러일으키는 이미지들을 만들어낸다. 올리버는 뛰어난 감성으로 관찰하고 그 누구도 따를 수 없는 경이로운 솜씨로 그 인상들을 표현한다. (…) 그녀의 시는 엄격하고, 아름답고, 잘 쓰였으며, 자연계에 대한 진정한 통찰을 제공한다.

엘리 레러 〈위클리 스탠더드〉

올리버의 시가 지닌 특별한 능력은 그녀가 세상에서 발견한 아름다움을 전하고 영원히 잊지 못할 것으로 만든다는 것이다.

〈마이애미 헤럴드〉

올해 '톱top 5'는 여섯 단어로 축약될 수 있을 것이다. 메리 올리버, 메리 올리버, 메리 올리버. 올리버의 놀라운 위업은 그녀의 식을 줄 모르는 인기와 독자들의 마음 깊은 곳, 거의 근원에까지 닿는 독보적 능력을 보여준다.

엘리자베스 런드 〈크리스천 사이언스 모니터〉

메리 올리버는 지혜와 관용의 시인이며 우리가 만들지 않은 세계를 가까이 들여다볼 수 있게 해준다. 우리를 겸허하게 하는 그 관점은 오래도록 남는 그녀의 선물이다.

〈하버드 리뷰〉

메리 올리버의 시들은 세상의 혼돈을 증류해 인간적인 것과 삶에 가치 있는 것을 추출해낸다. 그녀는 낭만주의자들과 휘트먼의 메아리가 되어, 홀로 자연 속에서 보고 듣는 것의 가치를 주장한다.

〈라이브러리 저널〉

메리 올리버는 본능과 신념, 투지에 의해 움직인다. 그녀는 우리의 가장 좋은 시인 중 하나이며 여전히 성장하고 있다.

알리시아 오스트라이커 〈더 네이션〉